야 니밸리에 오신 걸 환영합니다~!

협곡을 향해 쭉~~~ 뻗은 넓은 평원. 눈에 보이는 것은 소 밖에는 없는 아주~~~ 좋은 곳입니다! 마침 여기 한 마리가 있네요.

야니밸리의 몇가지 사실들 : 만약 야니밸리에 있는 모든 소를 차곡차곡 쌓으면 지구에서 달까지 왕복할 수 있어요. (그런데 소는 고소공포증이 있고, 게다가 헬멧 없이 우주에서 숨을 못 쉬기 때문에 진짜로 해보는 건 좋은 생각은 아니에요.)

1836년에는 실수로 소가 야니밸리의 시장으로 뽑혔어요. (사실 다음 선거에도 높은 찬성률로 또 뽑히게 됐죠.) 마을 광장 가운데에는 아직도 소 시장의 동상이 세워져 있답니다.

소 옆에 하루 종일 서있으면 (아마도 거짓말 조금 더해서) 소가 우는 소리를 백 번 넘게 들을 수 있어요. 그래서 한때 야니밸리에서는 '소 우는 소리 세어보기'가 유행이기도 했죠.

마침 저기 한 마리 있어요!

만약 여러분이 열렬한 소의 팬이라면 야니밸리는 아주 재미 넘치는 곳이 될 거예요. 하지만 마일즈 머피는 그렇지 않았나 봐요.

이야기 둘

얘가 마일즈 머피예요. 야니밸리로 가는 중이죠. 조금만 더 가까이 가서 자세히 볼까요? 얼굴을 찡그리고 있고요. 우울해 보이기도 하고요. 얼굴을 창문에 들이밀면서 나가고 싶어 하네요.

게다가 한숨도 계속 쉬고 있어요.

"휴~~~~~~~~~~~~~."

오늘만 한숨을 백 번 넘게 쉬고 있어요.

"마일즈, 제발 한숨 좀 그만 쉬어라." 운전석에 앉은 엄마 주디 머피가 말했어요. "우리 집에 거의 다 왔다~! 네 방은 전보다 더 클 거야. 그리고 마당도 있다고! 우린 여기서 새출발하는 거다. 그러니까 좀 웃으라고."

하지만 마일즈는 웃을 수 없었어요. 마일즈는 야니밸리로 가는 걸 별로 좋아하지 않았거든요.

친구 칼과 벤에게 떠난다고 말하는 게 싫었어요. 바다 가까이에 있는 핑크색 낡은 아파트를 떠나는 게 싫었어요. 사방 벽과 천장에 딱 붙인 지도를 떼다가 찢어져 버린 침대방과 이별하는 게 싫었어요. (지도를 풀로 완벽하게 붙이는 게 아니었어요.) 비밀을 지키며 사탕을 전달해 줬던 맥스 가게에게 '이제 그만 안녕'이라고 말하는 게 너무 슬펐어요.

그리고 몇 년 동안 고생하고, 엄청난 생각들로 얻어낸 '학교에서 가장 유명한 프로장난러'라는 명성에게도 이별하는 게 슬펐어요.

마일즈는 계속 다시 돌아가 원래 집으로 가기를 원했어요. 하지만 차는 계속 달렸고, 이제는 심지어 이런 표지판을 지나고 있었어요.

이야기 셋

아주 야심한 밤, 마일즈는 새로운 침실을 바라봤어요. 방이 너무 컸어요. 게다가 벽은 너무 하얗고, 상자들은 여기저기에 놓여 있었어요. 자고 싶었는데, 방이 무언가 너무 잘못된 것 같아서 잠에 들지 못했어요. 그리고 집도 무언가 잘못되었어요. 그리고 마당도 무언가 잘못되었고요.

마일즈는 큰 방이든 집이든 마당이든 좋아하지 않았어요. 이건 전혀 새로운 출발이 아니었죠. 아주 고약한 출발이었어요. 마일즈는 상자 위에 올려둔 조명을 끄고 침대로 돌아갔어요.

7

마일즈는 잠을 잘 수 없었어요. 옛날에 살던 방의 창문을 통해서는 파도가 부서지는 소리를 들을 수 있었어요. 마일즈는 침대에서 벗어나 창문을 열었어요. 조금 멀리 있는 것 같은데, 소가 울고 있어요.

전에 살던 방의 바깥공기는 바다 향이 났었어요. 여기 공기는 마치 소 방귀 같네요. 오늘은 너무 안 좋은 날이었어요. 하지만 내일은 더 안 좋은 날일 거예요. 마일즈는 조금 익숙한 느낌으로 침대로 돌아갔어요.

이야기 넷

마 일즈는 불안감에 휩싸인 채 잠에서 깼어요. 눈을 뜨고 하얀 천장을 멍하니 바라보았어요. 어젯밤 모든 게 꿈이었다고, 지금도 여전히 꿈속에 있으면 좋겠다고 생각했어요.

마일즈는 다시 눈을 꽉 감았어요. 다시 잠들려고 했지만, 아래층에서 엄마가 아침 식사를 준비하는 소리가 들렸어요. 달걀 프라이 냄새가 솔솔 났어요. 그리고 소 방귀 냄새도 솔솔 났어요. 하지만 소 방귀 냄새는 아마도 진짜 소 방귀 냄새일 거예요.

마일즈는 아침식사로 달걀프라이를 먹었어요. 불안감 맛이 났어요. 그런 맛이 있다면 말이에요.

불안감은 집을 나와서 야니밸리 과학문예학교로 가는 차 안에서도 계속 따라다녔어요.

"엄마, 이번 학년을 그냥 건너뛰는 건 어때요?" 마일즈가 말했어요. "다른 애들도 학년을 건너뛰기도 하잖아요. 그러면 올해는 연구프로젝트에만 집중할 수 있지 않을까요? 제가 연구프로젝트를 얼마나 많이 준비했는지 아시잖아요. 그래서 올해는 연구 학년이 될 수 있어요!"

"마일즈, 1년 쉰다고 학년을 건너뛰는 게 아니야. 아래 학년으로 다시 시작하는 거지."

"알아요, 엄마. 그렇게 되면 저는 다른 아이들보다 1년 어린 학년이 되겠죠. 그건 제가 성장하는 데 그리 좋지 않을 거예요. 그러니까 연구 학년이 좋은 아이디어라고 생각해요."

"연구 학년이란 건 없을 거야."

"음…, 아니면, 여행을 다녀오는 건 어때요? 제가 더 넓은 세상을 보고 싶어 한다는 거 아시잖아요! 여행은 최고의 교육이라고들 하잖아요."

"안 된다고~."

"음…, 그럼, 안식년을 가지는 건 어때요? 안식년이 뭔지 아시죠, 엄마?"

"그럼 알지. 너는 안식년이 뭔지나 아니?"

"당연히 알죠. 그건 기본적으로 연구 학년인 거죠."

"그러니까 안 돼~."

차는 어느새 학교 앞에 도착했어요.

"다 챙겼니?" 엄마가 물었어요. 마일즈는 주변을 둘러보았어요.

새 가방, 새 도시락, 새 바인더, 새 폴더, 새 외투 그리고 무엇보다 중요한 것은 마일즈의 오래된 장난 계획 노트였어요.

겉보기엔 평범해 보이는 노트인데 (수상해 보이지 않도록 작품집이라고 썼어요.), 그 안에는 마일즈가 했던 모든 최고 장난의 설계도와 지도, 메모와 계획으로 가득 차 있었어요.

'유령 장난', '앞니가 없어지는 장난', '숙제 적시기 작전'. 이 모든 게 작품집 안에 있었어요. '두 고양이 대신 강아지', '침대 속의 물고기', '설탕 없는 레모네이드', '파이 작전'. 이 모든 것들도 들어가 있어요. 이 노트 안에는 마일즈를 유명하게 만든 모든 위대한 장난들도 담겨 있었어요. '피처럼 보이는 케첩', '곳곳에 건포도 숨기기', '모래바지 작전' 등등. 더 많은 것들도 있었어요.

새 학교와 새 마을에서 첫날, 어떤 아이든 될 수 있어요. 똑똑한 아이가 될수도 있고, 멋진 신발을 신

은 아이가 될 수도 있어요. 옛날 자동차에 대해 모든 걸 아는 아이, 혹은 최신 뉴스에 대해 모든 걸 아는 아이, 아니면 1차 세계 대전에 대해 아는 아이가 될 수도 있어요.

럼밤을 항상 가지고 다니는 아이, 체스 좋아하는 아이, 농구 잘하는 아이, 학생회 활동 잘하는 아이. 통조림 음식 모으기 행사를 주최하는 아이. 앞줄에 앉는 아이, 뒷줄에 앉는 아이. 정답을 몰라도 항상 손을 드는 아이. R등급 영화를 볼 수 있는 아이. R등급 영화를 볼 수 없지만, 봤다고 말하고 예고편을 바탕으로 줄거리를 지어내는 아이. 집에서는 TV를 볼 수 없지만, 남의 집 TV를 보고 싶어 하는 아이.

첫날이니까 거짓말로 프랑스어 발음을 하며 외국인인 척할 수도 있어요. 선생님께 선물을 드리면서 선생님의 애제자가 될 수도 있어요. 비싼 필기구를 들고 다니는 학생이 될 수 있고, 분기마다 연필 열 개를 깎고 다니는 학생이 될 수도 있어요. 양말을 왼쪽 오른쪽 다르게 신고 다니는 이상한 아이가 될 수도 있어요.

이렇게 오늘 첫날은 새로운 아이가 되어 평생 그 아이로 살기로 결심할 수 있는 날이었어요.

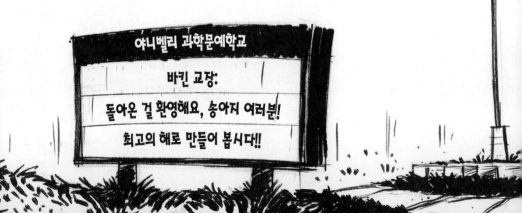

하지만 마일즈는 그 어떤 아이도 되고 싶지 않았어요. 새로운 아이가 되고 싶지 않았어요. 그냥 예전 학교에서 했던 것처럼 프로장난러 마일즈로 남고 싶었어요. 마일즈는 학교에서 최고의 프로장난러였고, 새 학교에서도 역시 최고의 프로장난러가 될 거예요.

"안녕, 엄마."

마일즈는 차에서 내려 야니밸리 과학문예학교를 둘러보았어요. 그야말로 벽돌로 지어진 네모난 건물이었어요. 마일즈는 주위를 둘러보며 모든 학교에서 흔히 볼 수 있는 것들을 보았어요.

평범한 현수막,

평범한 깃대에 달린 깃발,

평범한 학생들,

평범한 울타리,

평범한 나무들,

그리고 평범한 학교 입구를 가로막고 있는 누군가의 평범한 자동차.

잠깐만, 그건 좀 이상했어요. 마일즈는 다시 보았어요.

마일즈는 아이들이 모여있는 쪽으로 다가갔어요. 키득거리는 소리가 들려왔고, 쿵쿵거리는 소리도 들렸어요. 심지어 빵 터지는

웃음소리도 들렸어요.

"**계단 위에 차가 있어!**" 어떤 아이가 소리쳤어요.

"**뭔 일이래?**" 아까 그 아이가 다시 말했죠.

"**진짜, 누가 좀 알려 줄래?**"

소리친 아이 이름은 스튜어트예요. 누구든 그에게 무슨 일이 일어나고 있는지 말해줄 수 있었지만, 아무도 말해주지 않았어요. (스튜어트에게는 그런 일이 자주 일어난 모양이에요.)

마일즈의 심장은 빠르게 뛰기 시작했어요.

학교 종이 울리자, 자동차 경보음도 동시에 울리기 시작했어요.

그래도 아무도 움직이지 않았죠.

"**아니 그러니까, 차가 저렇게 입구를 막고 있는데, 학교를 어떻게 들어 가라는 거야?**"

스튜어트는 깔깔대고 눈물을 흘리며 쓰러졌어요.

마일즈는 처음으로 웃었어요. 원래 살던 마을을 떠난 뒤 처음으로 말이에요. 그건 꽤 훌륭한 장난 계획이었으니까요. 그러다가 갑자기 웃음을 멈췄어요.

생각해 보니 그건 아주아주 훌륭한 장난 계획이었어요. 마일즈는 얼굴을 찌푸렸어요. 이 학교에는 이미 프로장난러가 있는 게 분명하다는 증거였거든요. 아주 훌륭한 프로장난러 말이에요.

마일즈 머피는 제1차 세계 대전에 대해 아는 것이 없었고, 그의 양말도 짝짝이가 아니었어요. 만약 마일즈가 이 학교 최고의 프로장난러가 아니라면, 정말 아무것도 아닌 셈이었죠.

이야기 다섯

바킨 교장 선생님은 보통 사람이 아니었어요.

바킨 교장 선생님은 야니밸리 과학문예학교의 교장이었고, 계단 위에 얹혀 있는 노란색 자동차를 본 순간 화가 머리끝까지 난 사람이었어요.

사실 조금 전만 해도 바킨 교장 선생님은 행복한 사람이었어요. 그때가 오전 4시 44분, 알람이 울리기 1분 전에 바킨 교장 선생님이 깨어났던 순간이었어요. 오늘은 바로 학교 첫날이었고, 야니밸리 전체에서 그보다 더 행복한 사람은 없었죠.

교장 선생님은 침대에서 벌떡 일어났어요.

맨 먼저 샤워를 했어요. : 샴푸 2분, 컨디셔너 5분, 그리고 학교에 관한 새로운 노래를 만드는 데 2분을 썼죠.

"어머, 어머, 어머나, 학교에 간다네~. ♪ 학교, 학교, 학교, 학교, 학교, 학교, 학교에 간다네~ ♬"

그런 다음, 교장 선생님이 가장 좋아하는 넥타이를 골랐어요. (1분 정도 걸렸죠) 그 넥타이는 무늬가 아예 없는 밝은 빨간색이었어요.

조그만 머스타드 얼룩이 좀 있다는 게 문제였지만, 좋은 점은 넥타이의 색(얼룩의 노란색이 아니라 넥타이의 빨간색)이 절대적인 권력을 상징한다는 것이었어요. 언제든지 빨간색을 입어야 해요. 대통령도 알고 있고

15

금융전문가도 알고 있고요. 그리고 바킨 교장 선생님도 알고 있었어요.

교장 선생님은 아침을 먹었어요. 토스트 위에 오트밀을 얹은, 교장 선생님 증조할아버지가 발명하고 '바킨 가문의 아침 식사'라고 이름 붙인 요리였죠. 그러고 나니 교장 선생님이 가장 좋아하는 책의 가장 좋아하는 페이지를 다시 읽을 시간이 딱 6분 남았어요. 그 책은 '교장 권력의 7가지 원칙'이에요.

바킨 교장 선생님은 자신의 자동차에 올라타고 가죽 시트에 몸을 맡긴 채 어둠 속에서 출근했어요. 그날 아침도 다른 날과 마찬가지로 학교 뒤 주차장에 가장 먼저 도착했고, 자신이 직접 만든 '교장 전용' 표지판이 붙은 자리에 차를 세웠어요.

교장 선생님은 차에서 내려 넥타이 뒷면으로 창문에 묻은 얼룩을 닦았어요. 그러고는 건물을 바라보며 자랑스럽게 숨을 내쉬고, 학교 뒷문을 통해 들어갔죠.

사무실에 도착한 바킨 교장 선생님은 자신의 의자에 앉았어요. 손가락 관절을 꺾고, 연필을 깎은 다음, 깨끗한 종이 한 장을 꺼내 첫날 아침 방송을 위한 연설문을 작성하기 시작했어요.

"바킨 교장입니다. 내가 바로 여러분들의 교장이에요."라고 썼다가 지웠어요. 연설문을 쓰는 건 어려운 일이었어요. 조금 실력이 녹슬기도 했지만, 훌륭한 연설문을 쓰려면 완벽한 집중 시간도 필요했죠.

6시 15분에 전화가 울렸어요. 바킨 교장 선생님은 전화를 집어 들고 짜증내며 "여보세요?"라고 소리쳤어요.

"안녕하세요? 텍사스 아마릴로에 있는 아마딜로 문구점입니다! 잘 지내시죠? 사무용품 대박 할인 안내 드립니다~! 종이 클립이나 스테이플러 같은 문구류 할인 행사중이죠. 스테이플러 좋아하세요?"

"아~, 지금은 필요 없어요!" 교장 선생님이 소리쳤어요. "지금 난

18

연설문 쓰고 있다고!"

바킨 교장 선생님은 수화기를 세게 내려놓았어요.

그리고 6시 21분에 전화가 또 울렸어요. 화가 난 바킨 교장 선생님은 전화를 거꾸로 들어 "너, 뭐야?"라고 수신기 쪽으로 소리 질렀어요. 그랬다가 다시 수화기를 뒤집어 말하는 쪽으로 "뭐냐고?"라고 다시 소리쳤어요.

"안녕하세요? 좋은 아침입니다~." 이번에는 영국식 억양을 가진 사람이었어요. "오늘 아침 창문은 깨끗하신가요? 라라미 청소용품 회사인데요, 유리 세정제 대박 할인 안내해 드리려고요~!"

"아 글쎄, 지금 이럴 시간이 없다고!" 교장 선생님이 소리쳤어요. "연설문 좀 쓰자고!"

"아, 그러시군요. 아마 고객님은 영국인이 어떻게 와이오밍에서 청소용품을 팔게 되었는지 궁금하지 않으세요? 이건 흥미로운 이야기인데…."

"나중에 하라고!"

교장 선생님은 수화기를 집어 던지듯 세게 내려놓았어요.

그리고 6시 36분에 전화가 또 울렸어요. 바킨 교장 선생님은 자리에서 벌떡 일어났어요. 교장 선생님은 이제 어떻게 해야 할지 알았어요.

모든 교장 선생님에게는 자신만 아는, 계획을 세우고, 생각하고, 연설문을 방해받지 않는 비밀 장소가 있어야 해요. 학교에는 마침 바킨 교장 선생님을 위한 그런 곳이 있었죠. 자기만의 비밀 장소, 희망과 꿈의 숨겨진 땅, 그것은 바로 2층에 있는 다용도실이었어요.

안으로 들어간 바킨 교장 선생님은 대걸레를 옮기고, 전등을 켜기 위해 줄을 당겼어요. 또 다른 대걸레가 길을 막고

있었는데, 그 걸레도 옮기고 양동이에 앉았어요. 그리고 연설문을 쓰기 시작했어요. 영감을 받은 교장 선생님은 연설문을 쓰며 시간 가는 줄 몰랐어요.

한 시간이 지났을까, 7시 38분에 바킨 교장 선생님은 학교 역사상 최고의 첫날, 연설문을 손에 들고 다용도실에서 나왔어요. 바로 그때, 복도에 있던 한 학생이 교장 선생님에게 말했죠.

"교장 선생님~, 선생님 차가 학교 정문을 가로막고 있던데요?"

러고는 40가지 일이 벌어졌어요.

1. 바킨 교장 선생님은 연설문을 공중에 집어 던졌어요.

2. 그리고 계단을 헐레벌떡 뛰어 내려갔어요.

3. 학교 유리문 뒤에 서서 차를 멍하니 바라보았어요.

4. 이미 잔디밭에 모여 있는 몇몇 학생들을 발견했어요.

5. 시계를 확인했어요. 수업 시작종이 울리려면 19분 남았어요.

6. '생각해 내!'라고 생각했어요.

7. 차 열쇠를 더듬다가 바닥에 떨어뜨렸어요.

8. 땅에 떨어진 차 열쇠를 집어 들었어요.

9. 학교를 뛰쳐나와 차 후드까지 기어 올라갔어요.

10. 운전석 문을 열고 들어갔어요.

11. 자동차 시동을 걸었어요.

12. 바킨 교장 선생님은 자동차 기어를 드라이브에 놓았어요.

13. 차를 계단 아래로 운전할 수 없다는 사실을 깨달았어요.

14. 자동차 시동을 껐어요.

15. 다시 '생각해 내!'라고 또 생각했어요.

16. 다시 차에 시동을 걸고 후진 기어로 바꿨어요.

17. 다시 급하게 브레이크를 밟았어요.

18. "계단이라고!"라고 바킨 교장 선생님이 자기한테 소리쳤어요.

19. 다시 자동차 후드를 기어 올라갔어요.

20. 바킨 교장 선생님은 다시 학교 문 앞에 서서 다음에 무엇을 해야
    할지 고민했어요.

21. 사무실로 달려가 야니밸리 견인 서비스에 전화를 걸었어요.

22. 전화 상담원에게 차를 계단 아래로 견인할 수 있는지 물었어요.

23. 상담원은 "그건 안 돼요."라고 했어요.

24. 다시 야니밸리 경찰서에 전화를 걸어 헬리콥터를 보내 자동차를
    원래 주차 자리로 들어 올려줄 수 있는지 물었어요.

25. 경찰서에서는 "그건 안 돼요"라고 했어요.

26. 교장 선생님은 전화를 집어 던지듯이 세게 내려놓았어요.

27. 다시 전화기를 집어 들고 여전히 작동하는지 확인했어요.

28. 다시 입구로 달려갔어요.

29. 교장 선생님은 햇살 같은 노란색 페인트와 가죽으로 장식된 아름다운 차를 노려보고 있었어요.

30. 손목시계를 쳐다봤어요. 3분이면 수업 시작종이 칠 예정이었어요. '학생들을 어떻게 해야 안으로 들여보내지?' 스스로에게 물었어요.

31. 휴교해야 하나 고민했어요. 야니밸리 과학문예학교에서 휴교는 32년도 눈보라 때뿐이었어요.

32. '무슨 방법이 있을 거야.'라고 생각했어요.

33. 다시 '아니야.'라고 생각했어요.

34. '하지만 난 휴교시킬 수 없어'라고 생각했어요.

35. '그래도 가죽 시트인데.'라고 생각했어요.

36. 마침내 종이 울렸어요.

37. 바킨 교장 선생님은 자기가 뭘 해야 하는지 알고 있었어요.

38. 학교 유리문을 열고 밖으로 나섰어요.

39. 자동차 지붕 위로 올라갔어요.

40. 그리고 목청을 가다듬고 말하기 시작했어요.

이야기 일곱

마 일즈 머피는 야니밸리 과학문예학교 잔디

밭에 서서 웬 남자가 자동차 위로 올라가는 것을 지켜보고 있었어요. 그 남자는 목청을 가다듬고 소리치기 시작했어요.

"학생 여러분, 좋은 아침입니다~! 이 일을 저지른 사람은 누굽니까?"

아무도 대답하지 않았어요. 때마침 저 멀리서 소 한 마리가 음매~ 하고 울었어요.

바킨 교장 선생님은 그렇게 간단히 해결될 일은 아니라고 생각하고는 있었어요.

"그래요, 알겠습니다. 어쨌든 불행한 상황으로 인해, 오늘 아침, 제가 생각하기에 야니밸리 과학문예학교 역사상 최고의 해가 될 올해 첫 번째 아침에, 모든 학생, 교사, 직원들은 제 차를 통과하여 학교로 들어가야

합니다. 통과할 때는 부디 제 생일을 맞아 선물로 설치한 가죽 시트를 밟지 않게 주의 바랍니다."

"제 생일은 3주 뒤예요. 혹시라도 이 사실을 기억하고 저를 위해 감사의 표시를 하고 싶은 학생이 있다면 말이죠. 어쨌든 말씀드렸듯이, 여러분은 제 차를 통해 학교에 들어와야 합니다."

"아, 그런데요~." 마일즈 옆에 있던 한 소년이 말했어요. 교장 선생님이 뚫어져라 쳐다봤어요.

"차 가죽 시트에 대해 걱정해 줘서 고맙게 생각합니다, 제킨스 군. 하지만 아무리 생각해 봐도, 이게 최고의 방법이에요."

"아, 그런데요~." 이번엔 앞쪽에 있던 한 소녀가 말했어요.

"네네~, 네서 양, 그렇다고 휴교한다고 생각한다면 큰 오산입니다."

"아, 그런데요~."

"아니, 다른 방법이 없다고!" 교장 선생님이 소리쳤어요. **"이제 차에서 내려와 문을 열겠습니다. 내가 호루라기를 불면, 여러분은 차를 통과해 조심히 교실로 들어와야 합니다."**

"하지만 학기를 시작하기 전에, 이 일을 저지른 학생이나 동아리를 반드시 잡겠다고 확실히 말하고 싶어요. 수사는 지금, 호루라기를 불기 전부터 바로 시작했어요! 명심하세요: 저는 여러분 모두를 지켜보고 있습니다. 그리고 범인을 찾기 전까지는 멈추지 않을 거예요. 이제, 올해를 최고의 해로 만들어 봅시다!"

호루라기를 불자, 학생들은 한 줄로 서서 교장 선생님의 차 안을 통과해야 했어요. 바킨 교장 선생님은 지켜보면서 얼굴을 찡그리고, 움찔하며, 이렇게 말했죠.

"버그너 양, 신발에 흙이 묻어있네요!"

"누가 나뭇가지를 들고 들어왔나요?"

"내 차에 동전이 좀 있었는데, 동전 어디 갔죠?"

바킨 교장 선생님이 그날 아침 학교로 운전해 온 차는 이런
모습이었어요.

그리고 마지막엔 이런 모습이었죠. 마지막에서 두 번째로 마일즈 머피가 들어갔을 때 말이에요.

마일즈가 조심스럽게 차 안을 비집고 지나가는 동안, 마지막 학생, 작은 바킨 교장 선생님과 매우 닮은 커다란 몸집을 가진 아이가 말했어요.

"그런데 아빠…."

"그래, 조시야 무슨 일인데?"

"…왜 그냥 학교 뒷문으로 들어가라고 하지 않았어요?"

조시는 아주 작은 목소리로 속삭였어요. (하지만 마일즈는 들었어요.)

"아, 이런 멍청이 같으니!"

사실, 학교에는 뒷문이 있었고, 바킨 교장 선생님은 오늘 아침에도 그 뒷문으로 들어왔어요. (의심스러우면 18쪽을 확인해봐요.)

바킨 교장 선생님은 멀리 들판에 있는 소 떼를 바라보았어요. 아무 소도 음매~ 하고 울지 않았어요.

이야기 여덟

학 교 복도는 아주 엉망진창이었어요.

"**누구야? 너니?**" 바킨 교장 선생님은 학생들이 지나가는 동안 모두에게, 아무나 붙잡고 소리쳤어요. "**아니면 너야?**" 아무도 바킨 교장 선생님을 쳐다보지 않았어요. 마일즈를 빼고 모두가 잘 알고 있었어요. 권위 있는 사람이 이렇게 행동하는 걸 본 적이 없었거든요. 사실, 권위 있는 사람이 이렇게 생긴 것도 본 적은 없었어요.

바킨 교장 선생님의 얼굴은 포도처럼, 아니면 고향 바다에서 본 아름다운 석양처럼 보랏빛에 가까운 붉은 색이었어요. 마일즈의 이전 교장 선생님도 화를 내긴 했지만, 절대 소리를 지르지는 않았어요. 그리고 절대 얼굴이 보라색으로도 변하지 않았어요. 그건 정말 끔찍했어요.

"너였어?" 바킨 교장 선생님은 마일즈 얼굴 앞에 손가락을 들이밀었어요. 그 손가락은 길고 창백한 흰색이었어요. 왜냐하면 바킨 교장 선생님 몸에 있는 대부분의 피가 선생님 머리에 몰려 있었기 때문이에요.

"네~에?" 마일즈가 말했어요. 이건 곤경에 처했을 때 쓰는 좋은 대답이었죠.

"너 말이야. 여긴 내 학굔데, 너를 한 번도 본 적이 없어. 넌 여기에 왜 있는 거지?"

"저는 새로 전학 온 학생이에요." 마일즈가 말했어요.

바킨 교장 선생님 보랏빛 얼굴이 조금은 연해졌어요.

"새로 왔다고? 이름이 뭐지?"

"마일즈예요."

"음…, 그건 좀 마음에 안 드는군." 교장 선생님이 말했어요. "우리 학교에 이미 나일즈라는 녀석이 있거든."

"아뇨, 제 이름은 마일즈예요."

"뭐, 그게 좀 낫긴 하네. 하지만 여전히 헷갈려. 널 그냥 토니나 척으로 불려야 할 것 같다."

"아뇨, 제 이름은 제 이름 그대로 불러주셨으면 좋겠어요. 마일즈요, 마.일.즈."라고 마일즈가 말했어요.

"그래, 너 말을 좀 잘 하는구나. 그건 그렇고 처음 질문으로 돌아가 보자. 네가 그랬니?"

"네? 제가 뭘요?"

"내 차를 저렇게 계단 위로 옮긴 사람이 너였냐고!"

"아니요? 그럴 리가요. 저는 운전면허도 없는걸요."

"그러니까 내 차를 운전해서는 절대 안 되는 거지. **여러 가지 다른 이유와 마찬가지로 말이야.**"

"하지만 저는 운전하지 않았어요." 마일즈가 말했어요.

"그래? 그러면 운전도 안했는데 어떻게 내 차를 계단 위로 옮겼지?" 바킨 교장 선생님이 말했어요. "그리고 어떻게 다시 차를 계단 아래로 내려오게 할 거지?"

"저는 모른다니까요."

바킨 교장 선생님은 눈을 가늘게 떴어요. "좋아, 마일즈. 내가 널 지켜볼 거다. 두 눈 똑바로 뜨고 말이지. 하여간 전학을 왔다니, 우리 야니밸리 과학문예학교에 온 걸 환영한다. 우리 마을은 마음에 좀 드니?"

"아, 네, 뭐, 그럭저럭요." 마일즈가 말했어요.

"'아, 네, 뭐. 그러저럭'이라고? 그냥 '그럭저럭' 정도라고? 무슨 소리야, 야니밸리는 천국이야! 행복한 소들을 위한 아주 넓~은 초원이 펼쳐져 있다고! 몇 킬로미터씩이나 말이야. 사실 야니밸리는 미국 소들의 서울이야, 미시시피강 이쪽에서 몇몇 부정행위를 하는 마을을 제외하고 말이지."

"저는 소에 대해 별로 관심 없는데요." 마일즈가 말했어요.

바킨 교장 선생님 얼굴은 조금 더 보랏빛이 되었어요. 아마도 난초 같은 풀 색깔?

멀리서, 소 한 마리가 음매~ 하고 울었어요. 바킨 교장 선생님은 그 소리가 나는 방향을 가리켰어요. 그리고 마일즈를 가리켰어요.

"소에 관심이 없다고?" 바킨 교장 선생님이 말했어요. **"정말 소에 관심이 없어?"**

"글쎄요…." 마일즈가 말했어요. "음…."

"마일즈, 네가 소에 관심이 없는 건, 소가 얼마나 흥미로운 동물인지 잘 모르기 때문이야. 여기 이걸 받아라."

바킨 교장 선생님은 자신의 교장 가방, 교장이 아닌 사람들은 허리백이라고 부르는 가방에서 작은 책을 하나 꺼냈어요.

그는 그 책을 마일즈에게 내밀었어요. "받아. 읽어봐. 애용해 봐. 이건 내가 가장 좋아하는 책이야. 내가 꼭 서문을 썼기 때문은 아니고."

"감사합니다." 마일즈가 말했어요. "근데 교장 선생님, 혼자 가지고 있는 유일한 책을 받기에는 조금 부담스러워요."

"아냐, 아냐. 한 권만 남은 건 아니야. 내 가방에 더 많이 있어."

마일즈는 이제 수업에 가도 될지 궁금했어요. 하지만 바킨 교장 선생님은 길을 비켜주지 않았어요.

"이제, 마지막으로 해야 할 일이 있다. 우리 새로운 학생들은 모두 친구와 짝을 짓게 돼. 학교 구조, 규칙, 해야 할 일, 해서는 안 될 일, 내 차를 옮기는 것을 포함해 모든 걸 아는 그런 친구 말이야. 올해 너는 우리 학교의 유일한 전학생이기 때문에, 운 좋게도 최고의 학생과 짝이 되었단다. 나일즈~!"

금발을 한 작은 소년이 '학교 도우미'라고 쓰인 끈을 목에 두르고 교장 선생님에게 달려왔어요.

"마일즈, 이쪽은 나일즈 스파크스다." 바킨 교장 선생님이 말했어요. "나일즈는 내 차를 처음으로 발견한 학생이야. 마일즈는 내 차를 옮겼다고 의심하는 학생이지."

나일즈는 팔꿈치를 약간 구부리며, 눈을 깜빡이지 않고 마일즈를 응시하며 손을 내밀었어요. 그는 자기 방에서 혼자 악수를 연습하는 아이 같았어요. 어느 학교에나 나일즈 같은 아이가 있었어요. 아부

쟁이. 선행자. 학교의 밀고자. 근데 이제 마일즈는 나일즈의 손을 잡아야 한다는 건가?

"미안, 감기에 걸려서." 마일즈가 말했어요.

나일즈는 팔을 내렸어요.

바킨 교장 선생님은 얼굴을 찡그렸어요.

"자, 악수를 하지 않더라도, 너희 둘은 학교 친구가 되었단다. 그리고 마일즈, 네겐 다행이지. 나일즈는 내 아들과도 같은 애 거든. 물론 내 친아들도 이 학교에 다니고 있지. 그 아이도 내 아들 같지만 말이야."

어딘가 멀리서, 소가 음매~ 하고 울었어요.

"나일즈~." 바킨 교장 선생님이 말했어요. "마일즈를 22번 교실로 데려가거라. 산디 선생님이 기다리고 계실거단다."

나일즈와 마일즈는 복도를 따라 걸어갔어요.

"허리띠 멋지네." 마일즈가 말했어요.

"고마워!" 나일즈가 말했어요.

1번째 사실

소의 평균 체온은 38℃ 예요. 약간 열이 있는 것 같죠? 하지만 그렇지 않습니다. 이게 이들의 정상적인 평균 체온이에요. 아까 말씀드렸듯이 말이에요.

2번째 사실

젖소는 하루에 90리터 이상 우유를 생산할 수 있어요. 400컵이나 되죠! 아니면 6,400스푼! 아니면 19,200티스푼! 하지만 임페리얼 티스푼으로는 15,987티스푼이죠. 하여간 정말 많은 우유랍니다!

3번째 사실

소는 360도로 볼 수 있어요. 소에게 몰래 다가가고 싶다고요? 절대 안 돼요. 여러분이 어디에 있든 소가 다 보고 있거든요.

와우!

이야기 아홉

"뭔가 물어보고 싶은 게 있어."** 나일즈가 마일즈 에게 말했어요.

"그리고 바킨 교장 선생님께는 말하지 않을 거라고 약속할게. 그런데 혹시 정말로 네가 교장 선생님 차를 학교 정문에 옮겨 놓은 거야?"

"아니." 마일즈가 말했어요.

"잘됐네," 나일즈가 말했어요. "왜냐하면, 만약 네가 그랬다면, 아마 나는 교장 선생님께 말했을 거거든."

"그래." 마일즈가 말했어요.

"거짓말해서 미안해. 하지만 때로는 올바른 일을 하기 위해 조금 나쁜 짓을 하는 것도 괜찮다고 생각해."

"예를 들면, 교장 선생님께 일러바친다든지."

"맞아! 교장 선생님은 나한테 범인 찾는 일을 맡기셨어. 어쨌든, 여기가 우리 교실이야!" 나일즈가 파란색 문을 열었어요.

"저기가 산디 선생님 책상이야!"

"이게 손잡이야?" 마일즈가 문손잡이를 잡으며 물었어요.

"맞아, 그게 문손잡이야!" 나일즈가 말했어요.

마일즈는 나일즈에게서 멀리 떨어진 빈자리를 찾아 앉았어요.

나일즈도 일어나서 교실 반대편으로 가서 마일즈가 앉은 자리의 앞자리에 앉았어요.

"친구 시스템!" 나일즈가 의자에서 몸을 돌리며 말했어요. "우리는 서로 옆에 앉아야 해!"

"좋네." 마일즈가 말했어요.

마일즈 옆에 앉은 친구가 웃었어요. "그러니까, 나일즈가 네 친구맞아!"

나일즈가 마일즈 대신 대답했어요. "맞아! 내가 친구야. 마일즈, 이쪽은 홀리 래시야. 네 옆에 앉아 있어."

"안녕." 홀리가 말했어요. "그런데 너 이름이 뭐라고 했지?"

"사실, 아까 내가 이 친구 이름을 말했어!" 나일즈가 말했어요.

"나는 마일즈야"라고 마일즈가 말했어요.

"마일즈와 나일즈라, 헷갈리겠는데?" 홀리가 말했어요.

"아니, 안 헷갈려!" 마일즈와 나일즈가 동시에 말했어요. 마일즈는 나일즈를 째려보았어요. 나일즈는 아주 기쁜 표정을 지으며 마일즈를 바라보았어요.

"만약 우리 학교 진짜 정보를 원한다면 나한테 물어봐." 홀리가 말했어요.

마일즈는 몸을 기울여 속삭였어요. "그럼, 이 학교 최고 프로장난러는 누구야?"

"뭐라고?" 홀리가 물었어요.

"아, 그러니까. 교장 선생님 차를 계단에 올려놓은 게 누구냐고."

"네가 한 거 아니었어?"

"뭐? 아냐!" 마일즈가 말했어요. "나, 아니라고."

"그래?" 홀리가 말했어요. "큭큭, 알고 있었어. 농담 좀 한 거야."

종이 울렸어요. 종이 멈추기 바로 전에, 교장 선생님 닮은 몸집 큰 아이가 문을 박차고 들어왔어요. 그는 선생님 책상을 살펴보고, 비어 있는 것을 확인한 다음, 마일즈 자리 옆으로 걸어왔어요. 그 커다란 아이가 마일즈를 지나칠 때 가방이 마일즈 얼굴을 쳤어요.

"조심 좀 해라~. 님버스." 그 커다란 아이가 마일즈에게 말했어요. "니 얼굴이, 내 새 가방을 자꾸 건들잖아." 그 커다란 아이는 맨 마지막 줄에 앉았어요.

"쟨 또 누구야?" 마일즈가 물었어요.

"쟤는 조시 바킨이야. 대단하

신 교장 선생님 아들이지." 홀리가 말했어요.

"쟤는 조시 바킨이지. 대~단하신 교장 선생님 아들이거든." 나일즈가 말했어요.

"조시는 우리 학교에서 가장 최악이야." 홀리가 말했어요.

"난 누구를 최악이라고 부르고 싶지 않은데, 조시는 정말 최악이야." 나일즈가 말했어요. "그리고 이상할 정도로 '님버스'라는 단어를 정말 좋아해."

"제발 한 사람만 이야기해 줄 수 없어?" 마일즈가 말했어요. "홀리, 네가 말해." 나일즈는 책상 위의 연필들을 큰 연필 모양 하나로 이어 놓았어요.

홀리가 말했어요. "음…, 조시의 문제는 학교에서는 규칙을 어기지 않지만, 네 얼굴을 가방으로 치는 것처럼 나쁜 장난을 꾸며내는 거야. 조시는 절대 혼나지 않거든." 홀리가 말했어요. "하지만 반 친구들 모두 조시가 나쁜 아이라는 걸 알고 있어."

"그래도 쟤가 우리 반장이야," 나일즈가 말했어요. "그리고 언젠가는 교장도 될 아이야. 그러니 지금부터 존경해야 해."

"쟤가 반장이라고?" 마일즈가 물었어요.

"그래, 맞아!" 나일즈가 말했어요. "바킨 교장 선생님도 항상 반장이었고, 그 아버지도, 그 아버지의 아버지도 그랬어. '바킨 가문: 반장에서 교장으로.' 그게 교장 선생님이 항상 하시는 말씀이야."

"그런데 모두가 나쁜 아이라는 걸 알면서도, 왜 반장으로 뽑는 거야?" 마일즈가 물었어요.

"조시가 부정투표를 했거든." 홀리가 말했어요.

"다른 후보를 때리겠다고 위협해서 무투표로 당선되곤 했어." 나일즈가 말했어요. "교직에 따르면 그건 부정행위는 아니야. 근데 지난 몇 년 동안 홀리가 그에게 맞서 선거에 나가고, 매번 졌어."

"매번 졌다고?" 마일즈가 홀리에게 물었어요.

"그것도 두 번이나!" 나일즈가 말했어요.

"왜? 어떻게?" 마일즈가 물었어요.

"반장이 표를 세거든." 홀리가 말했어요.

"헐, 그건 멍청한 규칙이네~." 마일즈가 말했어요.

"그리고 반장이 규칙도 정하거든." 홀리가 말했어요.

"그건 말이 안 돼잖아." 마일즈가 말했어요. "그런데 홀리는 이길 수 없다는 걸 알면서 왜 반장 선거에 나가는 거야?"

"항의하는 거야." 홀리가 말했어요. "내가 출마하는 것만으로도 시스템의 부당함을 드러내는 거니까. 게다가 연설문을 쓰기 위해 수업을 빠질 수도 있거든."

마일즈는 감동했어요.

"그런데 선생님은 어디 계신 거야?" 스튜어트가 마일즈 오른쪽에서 물었어요. "종이 울린 지 벌써 3분이 지났는데, 아무도 없잖아. 이건 정말 웃긴 일이네."

그런데 아무도 웃고 있

지 않았어요.

"우리끼리 수업해야 하는 거야?"

바로 그때, 산디 선생님이 교실로 들어왔어요.

"늦어서 미안해요~." 산디 선생님은 커다란 책가방을 큰 책상 위에 던졌어요. "학교 입구를 막고 있는 자동차가 있어서 뒤쪽으로 돌아가야 했어요."

"그 차 진짜 미쳤어요." 스튜어트가 말했어요.

"고맙다, 스튜어트." 산디 선생님은 앉은 자리에서 눈을 떼지 않고 말했어요. "여러분 모두 자리가 마음에 들길 바랍니다. 이 자리는 1년간 여러분의 자리예요. 하지만 조시, 너는 이 앞줄로 이동하는 게 어떨까?"

조시는 잠시 화난 표정을 지었지만, 곧 피식 미소를 지었어요.

"네, 그러죠." 그가 말했어요. "제가 자리를 옮길 순 있는데요, 하지만 제 생각엔 우리 아빠, 바킨 교장 선생님은 제가 자리를 옮기는 걸 원하지 않으실 거예요. 아빠는 항상 결단력을 가져야 하고, 결정을 내리면 그 무엇이든 끝까지 밀고 나가야 한다고 생각하시거든요."

"빨리 옮겨라, 조시." 산디 선생님이 말했어요.

"네, 산디 선생님. 옮길게요. 당연히 선생님 말씀을 따를 거예요. 어쨌든 이 반 선생님이니까요. 하지만 선생님이 저를 움직이게 했다고 아빠에게는 말할 거예요, 비록 제가 이미 뒤에 자리를 잡았는데도 말이에요."

산디 선생님 얼굴이 약간 굳어졌어요.

"지금 당장, 조시!" 산디 선생님이 말했어요.

"아, 쫌!" 조시가 짜증냈어요.

"말대꾸하지 마라."

"아, 그게 아니라니까요!" 조시가 말했어요. "전 제가 반장이라는 사실을 말씀드리고 싶을 뿐이고…."

"조시!"

조시는 배낭을 집어 들었어요. "잘 아시잖아요, 아빠에게 선생님이 늦었다고 말하면, 아마도 선생님은 해고당할 거예요. 아빠는 이 학교 교장이니까요."

"그건 나도 알아." 산디 선생님이 말했어요. 선생님 얼굴이 조금 더 굳어졌어요.

"아빠는 선생님의 상사라고요."

산디 선생님은 칠판으로 돌아가 큰 글자로 이름을 쓰기 시작했어요.

"저를 모르는 사람을 위해 말하자면, 제 이름은 산디예요."

산디 선생님이 '산디'의 'ㅣ'를 쓰고 있는 동안, 조시는 교실 앞으로 나가면서 마일즈의 머리를 가방으로 쳤어요.

점 심시간, 나일즈는 마일즈에게 학생 식당을 알려줬어요.

"여기가 식판 받는 곳이야." 나일즈가 말했어요.

"그리고 저기에서 음식을 받아. 점심을 나눠주시는 영양사가 있지."

"응, 알겠어." 마일즈가 말했어요.

"이해했어."

"그리고 저쪽이 테이블이야. 네가 첫날이라 어디에 앉아야 할지 모를 수도 있으니까, 나랑 같이 앉자."

그 순간 마일즈는 앞으로 나일즈와는 최대한 멀리 떨어져 앉는 게 좋겠다고 속으로 결정했어요. 마일즈는 식판에 칠리 칠면조, 토마토스프, 마카로니와 치즈, 그리고 우유를 담았어요. 나일즈도 똑같이 했어요.

"오늘 점심 너무 맛있어요, 콘론 아줌마!" 나일즈가 말했어요.

"그리고 이쪽은 우리 학교 전학생이에요. 이름은 마일즈예요."

콘론 아줌마는 주위를 둘러본 다음, 가까이 다가와서 속삭였어요.

"음, 나일즈 친구라면 우유를 두 개 받을 수 있어요."

그녀는 또 다른 우유 한 팩을 마일즈의 식판에 올려놓았어요.

추가 우유: 나일즈의 친구가 된 첫 번째 좋은 점.

마일즈가 식판을 들고 돌아설 때, 조시 바킨과 마주쳤어요.

"우리 아빠는 네가 차를 옮긴 사람이라고 생각해, 님버스." 조시가 말했어요.

"그래, 알아." 마일즈가 말했어요.

"언젠가 그 차는 내 차가 될 거야." 조시가 말했어요.

"그래, 알아." 마일즈가 말했어요.

"그러니까 결과적으로 네가 내 차를 옮긴 거라고, 이 님버스야."

"근데 난 옮기지 않았어." 마일즈가 말했어요.

"그리고 네가 내 아빠와 바킨 가문의 명예를 망쳤어. 그러니까 결과적으로 네가 내 이름에 먹칠을 한 거나 다름없다고. 그러니까 나는 너를 두 번 때려줄 거야. 한 번은 내 이름을 위해, 또 한 번은 내 미래의 차를 위해."

"음~, 너희 아빠가 그걸 좋아하지는 않을 것 같은데." 마일즈가 말했어요.

"아, 물론 학교에서 너를 때릴 건 아니야." 조시가 말했어요. "그건 교칙에 어긋나거든. 난 언젠가 이 학교 교장이 될 거니까. 하지만, 마일즈 머피, 너네 집 앞 인도나, 주유소 뒤쪽, 아니면 풀밭에서 너를 때리는 건 교칙에 어긋나지 않지. 다른 장소도 생각해 볼 거야. 아무도 나를 잡지 못할 곳들 말이야. 학교 외에도 너를 때릴 수 있는 장소가 너~무 많아, 마일즈 머피. 그리고 나만 알고, 너만 이 사실들을 알게 될 거야."

그때, 마일즈가 할 수 있는 건 단 한 가지였어요.

마일즈는 갑자기 식판을 기울여서 음식을 자기 옷 앞부분에 확 쏟아 버렸어요. 이제 옷은 칠리 칠면조, 토마토 스프, 마카로니와 치즈로 뒤덮였어요.

"이…, 이게 뭐야?" 조시가 당황해서 말했어요.

"아니, 뭐 하는 거야?" 마일즈가 크게 소리쳤어요. "왜 나한테 이래?"

카페테리아 아이들이 소란을 듣고 돌아서서 마일즈가 음식에 덮여 있는 모습을 봤어요. 그들은 손가락으로 가리켰어요. 쑤근대며 웃었어요. 교실은 난리가 났어요.

"무슨 일이야?" 산디 선생님이 마일즈와 조시에게 다가왔어요. 그녀는 마일즈의 셔츠에 묻은 얼룩을 뚫어지게 쳐다보았어요.

"조시가 제 식판을 엎었어요," 마일즈가 말했어요.

산디 선생님은 조시를 쳐다보았어요.

"뭐? 내가 안 했잖아!" 조시가 소리쳤어요. "저 님버스가 자기 몸에 엎었다고요!"

"뭐? 아니, 내가 왜 나한테 음식을 엎어?" 마일즈가 말했어요.

"그걸 내가 어떻게 알아?" 조시가 말했어요. "너 미친 거 아냐? 산디 선생님, 저는 교칙을 어기지 않아요. 아시잖아요!"

산디 선생님은 마일즈와 조시를 번갈아 쳐다보았어요.

"제가 도와드릴 수 있을 것 같아요, 산디 선생님. 제가 다 봤거든요."

나일즈였어요.

"그래, 고맙다. 나일즈." 산디 선생님이 말했어요. "여기서 무슨 일이 있었지?"

"그래, 나일즈." 조시가 말했어요. "무슨 일이 있었는지 다 말해!"

"나일즈." 마일즈가 말했어요.

"조시가 마일즈에게 다가와서는 갑자기 식판을 쏟았어요," 나일즈가 말했어요. "마일즈가 말한 그대로예요."

조시는 충격을 받았어요.

마일즈도 충격을 받았어요.

산디 선생님은 미소를 지었어요. 그녀는 이날을 오랫동안 기다려왔어요. (많은 선생님들도 그랬어요.) "자, 바킨 군. 우리는 교장 선생님 만나러 가 볼까?" 그녀는 조시를 교장실 쪽으로 데리고 갔어요. 점심시간 동안 교실에 있는 모두가 그들이 나가는 모습을 지켜보았어요.

"왜 그랬어?" 마일즈가 물었어요.

"조시가 여름방학 동안에 나한테 돌을 삼키게 했어. 그것도 두 번이나."

"음, 고마워." 마일즈가 말했어요.

"자, 여기 네 우유 있다." 나일즈가 바닥에서 우유팩을 주우면서 말했어요. "아직 안 터졌네~."

주 디 머피는 가지 한 조각을 마일즈의 접시에 올려줬어요. 마일즈는 가지를 싫어했지만, 오늘

밤 만큼은 음식에 신경을 쓸 기분이 아니었어요. 마일즈의 머리는 다른 문제에 집중되어 있었어요. 더 큰 문제, 아주 큰 문제였어요.

"학교 첫날이었는데, 오늘 어땠어?"

"괜찮았어요." 마일즈가 엄마에게 말했어요.

"학교 첫날이었는데, 오늘 어땠어?"

"아주 끔찍했어." 바킨 교장 선생님이 아내에게 말했어요. "정말 끔찍했다고. 대재앙이었어. 완전한 악몽이었고."

"조시에게 물어보는 거였어." 바킨 부인이 말했어요.

"네, 엄마." 조시가 스테이크를 만지작거리며 말했어요. "아빠가 말한 대로예요."

"아이고." 바킨 부인이 말했어요. "도대체 무슨 일이 있었던 거야?"

교장과 조시 바킨은 동시에 같은 말을 했어요. "마일즈 머피."

"담임 선생님은 어때?" 마일즈 엄마가 물었어요.

"괜찮아요." 마일즈가 가지를 접시 위에서 밀며 말했어요.

"그분 이름이 산디 선생님이지? 어떤 분이야? 좋아?"

"괜찮아요." 마일즈가 말했어요.

질문이 너무 많았어요. 마일즈는 집중할 필요가 있었어요. 무언가를 알아내려고 집중하고 있었지만, 엄마는 계속 질문을 멈추지 않았어요.

다행히 마일즈는 이런 상황에서 사용할 수 있는 방법이 있었어요.

"엄마는 오늘 어땠어요?" 마일즈가 물었어요.

"좋았어, 마일즈. 그런데 너…."

"재미있는 일 있었어요?" 마일즈가 다시 물었어요.

"아니, 특별히 재미있는 일은 없었어." 마일즈의 엄마가 말했어요.

"그럼 점심은 뭐 먹었어요, 엄마?" 마일즈가 물었어요.

"점심? 음…, 그냥 칠면조 샌드위치와 작은 샐러드였어. 자, 이제 바킨 교장 선생님에 대해 말해줘. 내가 너를 데려다주었을 때 그분이 잔디밭에서 계신 것 같았거든. 대화할 기회가 있었어? 좋은 분 같으니?"

마일즈가 맨 마지막으로 이야기하고 싶었던 사람이 바킨 교장 선생님이었어요.

"엄마 고객들은 어땠어요?" 마일즈가 물었어요.

엄마를 화나게 할 수 있는 주제가 하나 있다면, 바로 고객들이었어요. 항상 너무 많은 고객들이 있었고, 항상 짜증나는 일을 하고 있었거든요. 주디는 창밖을 내다보며 머리를 흔들었어요. 그리고 다시 마일즈를 쳐다보았어요. 그녀는 한숨을 쉬었어요.

"어디서부터 말해야 할지 모르겠어." 마일즈의 엄마가 말했어요. "아! 생각났다! 한 정장 차림을 한 남자가 아주 긴 줄 앞쪽으로 끼어들려고 했어. 그리고 그는 내내 전화 통화를 하고 있었어. 그래서 내가 '저기요, 불편하시겠지만 줄로 돌아가시거나, 전화를 밖에서 받는 게 어떨까요?'라고 했지. 그 사람이 나를 똑바로 쳐다봤는데, 내가 한 말을 전혀 안 듣고 있는 것 같더라고. 사실 난 못 알아들었다고 확신했어. 그래서 내가 다시 말했어. 자리에 돌아가거나 밖으로 나가라고. 그런데 그 사람은 그냥 서 있더라고. 완전 무시하는 거지. 그래서 그 다음에…"

마일즈는 가지를 보며 웃었어요.

"그래서 오늘은 정말 흥미로운 날이었어." 바킨 부인이 말했어요. "시장에 갔을 때…."

"난 아직 끝나지 않았어!" 바킨 교장 선생님이 소리쳤어요. "차가 계단 위에 있는 걸 어떻게 했는지 안 궁금해? 내가 퇴근할 때 차는 여전히 계단 위에 있었어! 조시와 내가 어떻게 집에 왔는지 궁금하지 않아?"

"아, 그렇네요." 바킨 부인이 말했어요. "그 생각까지는 못 했는데, 그 말이 맞네."

"그래서 우선 견인차 회사에 연락했지. 계단에서 차를 내려줄 수 있는지 말이야."

"그러니까 뭐래요?"

"뭘 뭐래, 당연히 안 된다고 하지."

"아이고~."

"그래서 다시 경찰한테 전화해서 헬리콥터로 차를 옮겨줄 수 있는지 물어봤지."

"그러니까 뭐래요?"

"뭘 뭐래, 당연히 안 된다고 하지!"

"아, 그것도 안 되는구나."

"그리고 마지막으로, 정말 기발한 아이디어를 생각해 냈어. 자동차를 들어 올리고 이동시킬 수 있는 큰 자석이 달린 기계가 있는 정비소에 전화를 한 거야."

"오, 잘 생각했네요! 거긴 뭐래요? 된대요?"

"뭘 뭐래, 당연히 안 된다고 하지."

"아이고~."

"엄마, 이제 아빠 그만 얘기 끝내게 해줘."

"그래, 미안해."

"그래서 결국, 밥에게 전화해서 농장에서 포크리프트를 가져와서 차를 계단에서 내리게 해달라고 했어."

"아, 그래, 잘했네요! 엥, 그럴 줄 알았으면, 가장 먼저 밥에게 물어볼 걸 그랬네요."

"밥은 너무 입이 가벼워서 탈이야! 밥에게는 우리 아버지에게 '절대 비밀'로 하라고 약속받았어. 바킨 가문의 명예를 위해서 말이야."

전화가 울리자 바킨 부인이 일어나서 전화를 받으러 갔어요.

"누구야?" 바킨 교장 선생님이 물었어요.

"네~, 아버님이에요." 바킨 부인이 말했어요. "아버님이 혼내신대요~."

"어떻게 그걸 알았지?" 바킨 교장 선생님이 말했어요.

"어떻게 알았냐고요? 아버님이 밤에게 들었다고 하시네요~."

"그렇게 해서 나는 데브를 만났어, 그녀는 정말 멋진 사람인 것 같아."
마일즈 엄마가 말했어요.

"우리는 정말 좋은 친구가 될 것 같아. 그녀도 우체국에서 일하거든. 한
창문 넘어 나랑 같은 층에 있어. 그녀가 정말 도움을 많이 줬어. 조만간
저녁 먹으러 가기로 했고. 산책도 좋아한대."

"좋네요." 마일즈가 말했어요.

"우리 아들은 오늘 어땠어? 학교 가서 친구 사귀었니?"

"아니요."

"친구 안 만났어? 좋은 애들 없었어? 친구 될 것 같은 애들도 없어?"

"응, 없어요."

전화가 울렸어요.

"안녕하세요. 네? 네, 맞아요. 아, 감사합니다. 정말 친절하시네요. 음,
목소리도 좋으시고요. 물론이죠, 잠깐만 기다리세요. 제가 바꿔줄게요."

"누구예요?" 마일즈가 물었어요.

"새로운 학교 친구라고 하는데?"

마일즈는 이마를 테이블에 얹어놓았어요.

바킨 교장 선생님도 이마를 테이블에 얹어놓았어요.

바킨 부인은 전화기를 교장 선생님 귀 옆에 놓았어요.

"…완전히 집안 망신이야! 너는 바킨 가문을 동네 웃음거리가 만들고 있어. 우리가 여기서 교장으로 얼마나 오래 있었는지 아냐? 바킨 교장 가문이 4대째인데, 그동안 계단 위에 차를 주차한 교장이 몇 명이나 되는지 알아?"

바킨 교장 선생님은 입을 닫았어요.

"알고 있냐고!"

"아무도 없죠?" 바킨 교장 선생님이 말했어요.

"그래. 아무도 없었다고! 오늘까지는 말이야. 오늘까지만 해도 아무도 학교 전체가 그렇게 바보 같이 차를 통과해서 수업에 들어가게 한 적이 없었다고! 게다가 이제 밥이 포크리프트를 가져와야 했다고 말하는 걸 듣고 있어. 그게 무슨 소리인지 알겠지? 아마도 너는 할아버지 지미의 피가 너무 많이 흐르는 것 같아."

"에이, 아버지. 그렇다고 저는 휴교한 적이 없어요."

"생각해 보니까, 네 동생이 교장 되고, 넌 유제품 가게를 하는 게 더 나았을 것 같아. 아마 밥이 진짜 교장감일 거다."

바킨 교장 선생님이 짜증스럽게 말했어요. "에이~, 그건 아니죠. 아버지."

"아니, 형. 내가 안 될 건 또 뭐야?" 밥 바킨이 말했어요.

"밥?" 바킨 교장 선생님이 놀라서 말했어요.

"네가 왜 이 전화에 있어?"

"네 동생을 3자 통화로 연결했다!" 전 교장 선생님 바킨이 소리쳤어요.

"형, 안녕." 밥이 말했어요. "아빠한테 말한 거 미안해, 근데 계속 물어보셔서. 어쩔 수 없었어."

"바킨 가문의 명예는 이제 끝났군." 바킨 교장 선생님이 중얼거렸어요.

"바킨 가문의 명예?" 전 교장 선생님 바킨이 말했어요.

"네가 지금 가문의 명예를 말할 때냐? 오늘은 바킨 이름이 생긴 역사상 최악의 날이야. 너의 할아버지 지미 이후로 말이야. (그건 말하지 않기로 하자.) 하지만 이거 하나는 말할 수 있다: 너는 그 장난친 녀석을 찾아서 본보기를 보여줘야 해!"

"네, 아버지." 바킨 교장 선생님이 말했어요.

"알았다. 그만 들어가라. 조시와 샤론에게 내가 사랑한다고 전해 줘라."

바킨 교장 선생님은 아버지가 전화를 끊는 소리를 들었어요.

"아버님은 어때요?" 바킨 부인이 물었어요.

"도대체 동생이라는 녀석이 날 배신한 게 믿기지 않아." 바킨 교장 선생님이 말했어요.

"나 아직 여기 있어, 형~." 밥 바킨이 말했어요.

바킨 교장 선생님은 전화를 확 끊어버렸어요. 그의 얼굴은 깊은 남색이 되어 있었어요.

"마일즈 머피, 내가 가만 안 둘 테다!"

마일즈 엄마 주디 머피는 전화기를 마일즈의 귀 옆에 놓았어요.

"안녕, 마일즈!" 나일즈가 말했어요. "나야, 나일즈, 너의 학교 친구 말이야. 학교에서 봤지? 띠 매고 하루 종일 네 앞에 앉았던 애 있잖아."

"응, 그리고 집까지 따라왔지." 마일즈가 말했어요.

"사실 나는 널 집까지 데려다주려고 했거든, 근데 넌 뛰어가더라. 난 알러지가 있어서 빨리 뛸 수가 없어."

"그래, 알겠어," 마일즈가 말했어요. "근데 왜 전화했어?"

"친구니까, 등교 첫 날 체크! 간단한 설문조사야."

"설문조사? 그것 때문에 전화한 거야?"

"맞아!" 나일즈가 말했어요. "사실 내가 학교 친구 프로그램 규칙을 만들었거든. 설문조사를 만든 것도 나지만, 금방 끝날 거야. 저녁 먹기 전에 끝낼 수 있어."

"나, 지금 저녁 먹고 있거든."

"그래! 금방 저녁 다시 먹을 수 있을 거야!" 나일즈가 말했어요. "준비됐어?"

"응, 말해."

"잠깐만, 띠를 달아야 해. 공식적인 업무니까." 전화기 너머에서 바스락거리는 소리가 들렸어요.

"자, 첫 번째 질문. 답해줘: 야니밸리 과학문예학교 첫날은 몇 점이었어? 6점에서 10점 사이에서?"

"음…, 한 6점?" 마일즈가 말했어요.

"대박! 6점이래! 좋아 그럼, 다음 질문: 학교 애들 중에서 진짜 친구가 될 사람이 있을 것 같아?"

"음…, 글쎄 솔직히, 잘 모르겠어…."

"그 질문은 나중에 다시 할 수도 있어. 세 번째 질문: 네가 바킨 교장 선생님 자동차를 계단 위에 올려놨어?"

"이만 안녕." 마일즈가 말했어요.

"잠깐, 잠깐! 아직 질문이 많이 남았다고!"

"됐어. 안녕, 나일즈."

"그래, 알았다~. 엄마한테 안부나 전해 줘~." 나일즈가 말했어요.

마일즈는 전화를 끊고, 이마를 다시 테이블에 대고 엎드렸어요. 그리

곧 눈을 감았죠.

오늘 마일즈는 67번째로 자동차가 계단 위에 놓여있지 말았었어야 했다고 생각했어요. 그리고 73번째로, 누가 정말 그런 짓을 했는지 궁금했어요. 만약 마일즈 자신이 이 학교에서 최고 프로장난러가 되지 못한다면, 나일즈가 진짜 친구가 되어 버릴 것만 같았어요.

마일즈는 뭐라도 해야 했어요. 아주 큰 일을. 아주아주 엄청난 장난을 말이에요.

"엄마, 저 먼저 일어나도 될까요?" 라고 마일즈가 물었어요. 마일즈는 대답도 듣기 전에 바로 일어나 방으로 올라가 프로장난러 노트를 꺼내고 이렇게 적었어요.

초 대장은 열흘 뒤에 발송되었어요.

축하합니다! 당신은 초대받았습니다!

코디 버-타일러의 13번째 생일 파티

이번 주 토요일 12시.
야니밸리 그린이에요! (장소를 몽땅 빌림)

선물은 필수!!!

중요: 이 초대장은 파티
입장권이 아닙니다.
좋은 생일선물이 입장권이
될 거예요.

그리고: 쉿! 이건 비밀인데,
아주 멋진 애들만
초대했어요. 당신이
오던 안 오던 말이에요.

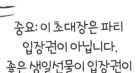

또한, 포트럭 파티니까, 음식과 음료를 가져오는 것도 잊지 마세요.
그리고 선물 꼭 잊지 마세요. 당연히 선물은 좋은 걸로~.

복도가 시끌벅적했어요. 학생들이 구석에서 모여 떠들고 있었어요. 몇몇은 뒤를 돌아보았어요. 스튜어트는 식수대 옆에서 흥얼거리고 있었어요.

"얘들아~, 너희들 중에서 누구 코디 버-타일러한테 생일 초대장 받은 사람 있냐~?"

열네 명의 학생이 동시에 '쉿!'하고 소리쳤어요.

여자아이 두 명이 마일즈의 사물함 근처에서 키득거리고 있었어요. 그 중에 키가 좀 작은 여자아이가 "걔 말이야, 세인트 퍼페투아팀 쿼터백이라고 하더라고. 일렉기타도 친대."라고 말하는 걸 마일즈가 들었어요.

키가 큰 여자아이가 "맞아! 코디 버-타일러는 정말 귀여워!"라고 했어요. 마일즈는 히죽히죽 웃었어요. 코디 버-타일러가 귀여운지 아무도 몰라요. 왜냐하고요? 사실 코디 버-타일러는 아예 존재하지않거든요.

오늘 아침은 일주일 끝에 찾아온 대망의 날이었어요. 마일즈 머피의 프로장난러 노트에서 무려 여섯 페이지를 가득 채울만한, 마일즈 최고의 계획이었어요.

마일즈는 차를 계단에 올려 둔 사건 따윈 잊을 수 있는, 완전히 새로운 인물을 만들어냈어요: 코디 버-타일러는 야니밸리에서 지금까지 본 적 없는 가장 최고의 생일 파티를 열 거예요. 그리고 초대장은 딱 10장만 만들어 붙였어요. 비밀이니까 단 10장만 있어도 돼죠. (이게 최고의 전략!)

비밀이라고 썼지만, 이미 아이들끼리 서로 초대하고 있었어요. 초대장을 돌린 지 11분 만에 파티는 최고 이슈가 됐어요. 마일즈는 파티에서 코디 버-타일러가 가짜라는 사실을 깜짝 발표할 생각이었어요.

학교 전체가 마일즈의 장난에 빠져버렸어요. 그리고 마일즈는, 받은 모든 선물을 가지고 도망칠 생각이었어요. (이게 또 다른 전략!!) 그렇게 되면 야니밸리 과학문예학교의 모든 사람들은 마일즈 머피가 학교에서 역대 가장 최고의 프로장난러라는 사실을 알게 될 거니까요.

마일즈는 다시 전설이 될 거예요. 먼저 살던 동네에서보다 더 엄청난 전설이 될 거예요. 누구도 학교 전체를 대상으로 장난친 적이 없었으니까요. 마일즈는 팔짱을 끼고 사물함에 기댔어요. 그리고 그 영광을 상상했어요. 아주 완벽한 작전이었어요.

"굿모닝~, 친구!"

마일즈는 깜짝 놀랐어요. 뒤를 돌아보니 나일즈가 서 있었어요. "우리가 학교 친구이자 미래의 인생 친구니까, 내가 아무에게도 말하면 안 되는 비밀을 말해도 될까?"

"응, 그래." 마일즈가 말했어요.

"이건 큰 비밀이야. 말하면 문제가 될 수도 있어."

"알았다니까." 마일즈가 말했어요.

나일즈가 가까이 다가와 속삭이며 말했어요. "코디 버-타일러의 생일 파티에 초대받았어."

"코디 버-타일러가 누구야?" 마일즈가 물었어요.

"야니밸리에서 가장 멋진 애야!" 나일즈가 말했어요. "풋볼도 하고, 밴드에도 있고, 음..." 나일즈가 초대장을 내려다보았어요. "그리고…, 번개를 좋아해."

"우와~." 마일즈가 말했어요. "대박! 걔가 우리 학교 다닌다고?"

"아니. 내 생각엔 세인트 퍼페투아에 다니는 것 같아. 그런데 말이야." 나일즈가 주변을 살피면서 더 조그맣게 속삭였어요. "너 나랑 함께 파티에 가고 싶지 않니?"

"어, 글쎄." 마일즈가 말했어요. "난 초대받지 않았는걸."

"아이, 뭐 괜찮아! 원래는 안 되지. 초대장에는 아무에게도 말하지 말라고 쓰여있긴 해. 그런데 가끔은 올바른 일을 하는 데에 도움이 되면 나쁜 짓을 해도 괜찮다고."

"올바른 일? 어떻게 하는 게 올바른 일인데?"

"그거야, 네가 파티 친구가 되는 거지!" 나일즈가 말했어요. "게다가 넌 새로 왔잖아, 야니밸리 사교계에 활기를 주는 데에 도움이 될 거라고! 게다가 코디 버-타일러는 더 많은 선물을 받을 거 아니야!"

마일즈는 잠깐 고민하는 척했어요.

"그래. 그럼 나도 가지 뭐." 마일즈가 말했어요.

"그거야!" 나일즈가 말했어요. "자, 여기." 나일즈는 마일즈에게 초대장을 건넸어요.

마일즈는 자기가 만든 초대장을 자랑스럽게 바라보았어요.

잠시 후 경고 종이 울렸어요. 커다란 붉으스레한 모습을 한 사람이 코너를 돌아왔어요. 바킨 교장 선생님이었어요.

"너! 셔츠 단추 잠가!"

바킨 교장 선생님이 소리쳤어요. "너! 껌 뱉어! 너! 춤추지 마! 모두! 모이지 마! 왜 이렇게 많이 모여 있는 거야!"

마일즈는 사물함을 닫고 복도를 따라 내려갔어요.

"너! 마일즈 머피!"

마일즈는 얼어붙었어요. "네, 네. 바킨 교장 선생님?"

"지난주에 내 차를 계단 위에 주차한 게 너지?"

마일즈는 한숨을 쉬었어요.

"에휴, 아니라니까요."

"지금 인정하면, 네 인생이 훨씬 쉬워질 거야." 바킨 교장 선생님이 말했어요. "시간이 지날수록 더 큰 문제가 될 거다. 그런데 손에는 뭐가 있는 거지?"

마일즈는 초대장을 뒤로 숨겼어요. "아⋯, 아무것도 아니에요, 바킨 교장 선생님."

"음, 그래? 이제 아무것도 아닌 게 아니라는 걸 난 알겠다고!" 바킨 교장 선생님이 말했어요. "네가 숨기려 했으니까, 뭔가 의도가 있는 거지."

"아뇨, 이건 그냥 종이에요." 마일즈가 말했어요.

"나도 그게 그냥 종이 쪼가리인 건 알고 있어." 바킨 교장 선생님이 말했어요. "근데 방금 봤는데, 그게 그냥 종이 쪼가리가 아니라는 사실도 알고 있지. 내가 물었을 때 바로 숨겼잖아? 그런 건 교장을 속이는 아주 전통적인 수법이지. 뭔가 물었을 때 학생이 바로

숨기면 그건 바로 뭔가 숨기고 있다는 거야!"

"네?" 마일즈가 말했어요.

"이제 그만 말해," 바킨 교장 선생님이 말했어요. "내놔."

마일즈는 움직이지 않았어요. 이건 계획에 없었거든요.

"뭐야?" 바킨 교장 선생님이 물었어요. "다음 더 큰 장난을 위한 계획이야?"

마일즈는 침착하려고 애썼어요.

"아니에요." 마일즈가 말했어요.

"바킨 교장 선생님." 나일즈가 말했다. "그건 그냥 생일 파티 초대장이에요!"

"생일 파티 초대장?" 바킨 교장 선생님의 콧구멍이 벌렁거렸어요.

나일즈가 손을 입에 대고 큰 소리로 속삭였어요. "괜찮아, 보여드려."

마일즈는 이제 선택의 여지가 없었어요. 초대장을 꺼냈어요.

바킨 교장 선생님은 천천히 돋보기안경을 꺼내 종이를 자세히 들여다보았어요. "음, 흥미롭군. 아주 흥미로워. 코디 버-타일러라⋯." 그는 시선을 마일즈에게 돌렸어요. "음, 음, 음." 바킨 교장 선생님은 초대장을 접

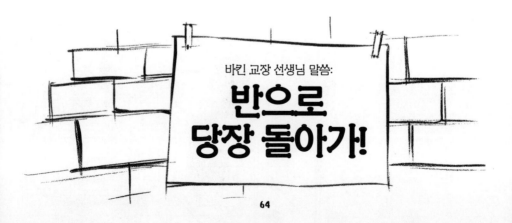

바킨 교장 선생님 말씀:
반으로
당장 돌아가!

어 셔츠 주머니에 넣었어요. "음."

"음?" 마일즈가 말했어요.

바킨 교장 선생님은 마일즈를 4초 동안 뚫어지게 바라보았어요. 그리고 벽에 있는 표지판을 가리켰어요.

마일즈는 한숨을 쉬었어요. 당황한 채로 돌아서서 반대 방향 복도로 걸어갔어요.

나일즈가 마일즈를 부르면서 말했어요. "아니, 이쪽이야, 마일즈! 이쪽으로 가야 해!"

마일즈는 다시 돌아서서 나일즈를 따라 22번 교실 쪽으로 갔어요.

"마일즈!" 바킨 교장 선생님이 소리쳤어요. "기억해: 내가 너를 감시하고 있다는 거!"

바킨 교장 선생님은 벽에 있는 다른 표지판을 가리켰어요. 이 표지판은 어제 없던 것이었어요.

바킨 교장 선생님 말씀:

난 항상 너를 지켜보고 있다, 마일즈 머피!

믿기지 않은 일이 일어났어요.

마일즈는 야니밸리 과학문예학교 학생 수를 정확히 알지는 못했지만, 거의 모든 학생이 코디 버-타일러 생일 파티에 참석했다는 느낌이 들었어요. 마을 광장은 학생들로 가득 차 있었어요.

두 시간 전만 해도 이곳은 텅 비어 있었어요. 마일즈는 오전 11시에 도착해서 카트를 끌고 정자 옆 피크닉 테이블에 놓았어요. 테이블에는 '음식과 음료'라는 안내판을 붙였고, 마차에는 '생일선물'이라는 다른 종이를 붙였어요. 마지막으로, 카트에서 마지막 화룡점정을 꺼냈어요: 핑크색 아이싱과 "생일 축하해 코디 버-타일러"라는 멋진 초록색 글씨가 적힌 직접 만든 케이크였어요.(마일즈가 모두를 속이려면 맛있는 케이크를 제공하는 게 당연하겠죠.)

그런 다음 마일즈는 광장을 떠났어요. 코디 버-타일러의 파티에 가장 먼저 도착하고 싶지는 않았거든요. 그건 절대 멋지지 않을 테니까요.

마일즈는 다시 돌아와서 음식이 넘쳐나는 피크닉 테이블 옆을 지나갔어요. 브라우니, 칩, 딥, 핑크와 하얀색 아이싱으로 장식한 쿠키들, 작은 설탕이 뿌려진 쿠키들; 세 개, 아니, 네 개의 시원한 소다와 아이스크림, 샌드위치로 가득 차 있었어요.

빨간 카트에는 점점 다양한 포장지로 싸인 선물 더미로 가득 차고 있었어요. 빨간 선물과 파란 선물, 그리고 풍선이 그려진 포장지로 싼 선물이 있었어요. 솔직히 말해서 코디 버-타일러에게는 조금 유치할 수도 있었어요. 선물 상자는 평평한 것도 있었고, 둥근 것도 있었어요. 하나는 분명히 망원경이었어요. 망원경! "저 선물 내가 가져왔어." 스튜어트가 양팔로 기어가는 것처럼 보이는 작은 선물을 가리키며 말했어요. "아, 이런!" 스튜어트가 상자를 쫓아 달려갔어요. "거기 서!"

그 모습을 본 마일즈는 스튜어트의 선물을 저기 어디 풀밭에 갖다 두고 싶다고 다짐했어요. 그리고 자신의 선물(은색 포장지로 싸인 빈 신발 상자)을 카트에 넣고, 케이크 한 조각을 집어 들었어요. 중학생 두 명이 부리토를 담은 접시 옆에 서 있었어요.

"너 코디 버-타일러에게 인사했니?" 빨간 모자를 쓴 애가 물었어요.

"그럼, 당연하지." 모자가 안 어울린다고 생각해서 모자를 안 쓰는 애가 말했어요. "난 도

착하자마자 손 흔들었거든. 근데 뭐 타일러가 날 봤는지는 모르겠어. 많은 애들이 세 번씩 손을 흔들었는데, 코디 버-타일러는 계속 손 흔들고 있었거든."

"오~, 정말? 난 타일러가 피자에 대해 진짜 웃긴 얘기를 하는 걸 봤어. 우린 비밀 악수를 했거든. 그랬더니 나중에 얘기하자고 하더라고."

"멋지네. 아마 테일러는 내가 손을 흔드는 거 본 것 같아."

마일즈는 미소를 지었어요. 비밀 악수에 세 번 손 흔들기라니. 그들은 마일즈 대신 열심히 일을 벌여주고 있었어요.

홀리 라쉬는 나무에 기대어 있었어요. 마일즈는 그녀에게 다가갔어요.

"안녕." 마일즈가 인사했어요.

"응, 안녕." 홀리가 대답했어요. "그 케이크 잘 보고 먹어. 정말 뻣뻣해."

"아, 그래? 난 맛있다고 생각했는데?"

"말도 안 돼. 그 케이크는 정말 최악이야."

"아마 네가 이상한 부분을 먹었나 봐. 여기, 이거 한 조각 먹어봐."

"아니, 별로야. 안 먹을래." 홀리가 말했어요. "이건 내가 먹어본 케이크 중에서 최악이야. 그리고 케이크에 그 글자 봤어? 꼭 '새일 축하'라고 쓴 것 같지 않아?"

"생일 축하야!"

"아, 정말 그 케이크는 정말 창피해."

"케이크는 잊어버려." 마일즈가 말했어요. "근데, 파티는 어때? 꽤 괜찮지 않아?"

"응, 괜찮아. 근데 솔직히 난 코디 버-타일러에게 더 많이 기대했어. 내가 이 사람에 대해서 들어본 적이 없거든. 그런데 모두가 타일러를 캐리 그랜트와 말론 브랜도와 폴 뉴먼을 합쳐놓은 사람처럼 말하더라."

"응? 그 사람들이 누군데?" 마일즈가 물었어요.

홀리는 한숨을 쉬었어요. "옛날 영화배우들이야."

"근데…, 그 사람들이 다 만난 거야?" 마일즈가 말했어요.

홀리는 다시 한숨을 쉬었어요.

"야, 근데. '새일 축하'가 뭐야?" 스튜어트가 피크닉 테이블 근처에서 소리쳤어요.

"아, 정말 이 파티에는 뭔가 더 재밌는 게 필요해." 홀리가 말했어요.

"안녕, 친구들. 안녕, 홀리!" 거대한 선물 상자 뒤로 보이는 건 작은 다리뿐이었어요. "나야, 나일즈!"

"안다고!" 마일즈와 홀리가 동시에 소리쳤어요.

"그래? 상자 때문에 내가 안 보일 줄 알았는데."

누구나 다 알고 있었어요.

"그 선물 멋지다, 나일즈." 홀리가 말했어요.

"고마워! 내가 너무 오버했나 걱정했어. 솔직히 말해서, 별로 안전하진 않은 것 같아. 상자 때문에 앞이 잘 안 보이거든. 그래서 차가 안 다니는 공원으로 돌아왔지. 그래서 좀 늦었어!"

"홀리야, 너는 뭐 가져왔어?" 마일즈가 물었어요.

"내 선물은 그냥 나야." 홀리가 말했어요. "난 모르는 사람한테 선물 줄 생각 없거든."

"뭐라고?" 나일즈 목소리가 선물 상자 뒤에서 들려왔어요. "난 정성을 다했는데? 코디 버-타일러가 세상에 태어난 걸 축하하고, 초대해 줘서 고맙다고 해주고 싶었다고!"

나일즈는 상자를 내려놓고, 처음으로 마을 광장을 가득 찬 사람들을 보았어요.

"우와~, 대박." 나일즈가 말했어요. "저 사람이 초대장 나눠줬던 사람 같은데."

나일즈는 어깨를 으쓱했어요.

"그래도 오늘 코디 버-타일러는

정말 많은 선물을 받을 거야!" 나일즈는 '오늘은 내가 바로 파티 도우미'이라고 적힌 띠를 매만지고 다시 상사를 들었어요. "이제 선물 갖다주고 케이크 먹어야지~!"

마일즈는 시계를 확인했어요: 1시 26분. 결전의 순간이 점점 다가오고 있었어요. 마일즈는 아무도 오지 않을 것 같은 조용한 장소를 찾아 준비하기 시작했어요.

빈 놀이터로 가는 길에 마일즈가 한 번도 본 적 없는 여자애 두 명이 서있었어요.

"케이크 먹을래?" 한 소녀가 물었어요.

"아니." 다른 소녀가 대답했어요. "아까 먹어봤는데, 완전 끔찍해."

"코디가 오늘 기타 칠 거 같아?"

"정말 그러면 좋겠다. 근데 코디 버-타일러가 머리로 논알콜맥주 캔을 찌그러뜨릴 수 있다는 거 알아?"

"그래? 정말?"

"응! 그것도 논알콜맥주가 들어 있는 상태로 말이야."

"우와, 정말?"

마일즈는 기뻤어요. 생일파티 장난은 알아서 점점 일이 커지고 있었고, 점점 더 재미있어질 것 같았어요. 마일즈는 삐걱거리는 그네 쪽으로 가서 외투 안주머니에서 구겨진 종이를 꺼냈어요. 그건 마일즈가 지난밤에 잠이 안 와서 쓴 연설문이었어요.

마일즈 시계 알람이 울렸어요. 소도 울었어요. 드디어 시작이에요.

안녕하세요? 여러분! 제 이름은 마일즈 머피예요. 야니밸리에 새롭게 이사왔죠. 이 자리를 빌어 코디 버―타일러에게 생일 축하를 전하고 싶어요. 하지만 그럴 수가 없어요. 왜냐고요? 코디 버―타일러는 <u>존재하지 않거든요.</u> 타일러는 제가 만든 가상의 인물이에요! 맞아요, 이 파티는 코디 버―타일러의 13번째 생일 파티가 아니라, 야니밸리에서 일어난 가장 큰 장난을 축하하는 파티랍니다. 지금까지 몰래카메라였어요!

(계단에서 내려오며) 그래도 계단에 자동차 올려놓기보단 훨씬 낫지 않나요?

(손수레 손잡이를 잡으며) 선물 감사하고요, 케이크 맛있게 드세요!

(선물과 함께 퇴장한다)

마

일즈는 선물이 가득 찬 손수레 옆에 서 있었어요. 이건 정말 멋질 일이 될 거예요. 마일즈는 포크와 유리잔을 들고 땡땡하고 치며 사람들 주의를 끌었어요. 모두 마일즈를 바라보았죠.

"어이~, 전학생~." 스튜어트가 말했어요. "쟤가 지금 유리잔 들고 있는 거 아냐. 왜 쟤가 유리잔을 치고 있는 거지?"

모든 사람 시선이 집중된 가운데, 마일즈는 정자의 짧은 계단 다섯 개를 올라갔어요. 그는 주머니에서 연설문을 꺼내고, 목을 가다듬었어요.

"안녕하세요? 여러분! 제 이름은 마일즈 머피예요. 야니밸리에 새롭게 이사왔죠. 이 자리를 빌어 코디 버-타일러에게 생일 축하를 전하고 싶어요…."

테일러가 연설문을 읽기 시작한 순간, 노란색 승용차 한 대가 주차장으로 미끄러지듯 들어오며 빵빵~하고 경적을 울렸어요. 운전석 문이 열리면서 바킨 교장 선생님이 뛰어왔어요. 보랏빛 얼굴로 숨을 헐떡거리며, 팔을 흔들고 풀밭을 가로질러 뛰어왔어요. "모두 멈춰!" 그는 소리쳤어요. "쟤, 잡아!"

사람들은 짜증 내며 웅성거렸어요.

"마일즈 머피!" 바킨 교장 선생님이 정자에 도착해서 소리쳤어요. "지금 당장 멈춰! 너는 끝났어. 거기 그대로 있어."

마일즈는 정자의 짧은 계단 다섯 개를 내려갔어요. 사람들은 놀란 표정을 지었어요. 홀리는 씩 웃었고, 나일즈는 긴장한 듯 리본을 매만지고 있었어요. 바킨 교장 선생님이 무대에 올라갔어요. "여러분!" 바킨 교장 선생님은 모두 조용히 할 때까지 아무 말도 안 하고 기다렸어요.

장난 계획을 짤 때는 변수에 대비하는 게 중요해요. 마일즈는 당연히 이런 상황을 예상해 두었죠. 마일즈의 장난 계획 노트북에는 "가능한 재난"이라는 제목 아래 "천둥번개", "다람쥐 공격", "어른에게 들킴"이 적혀 있었어요. 바킨 교장 선생님이 그의 초대장을 압수했을 때, 마일즈는 장난이 실패할 가능성(물론 그런 일은 거의 없겠지만)도 있다고 예상했어요. 그래서 이 순간을 위해 준비해 둔 계획이 있었어요.: 선물과 함께 몰래 도망치기. 마일즈는 마차의 손잡이를 꽉 잡았어요.

"학생 여러분!" 바킨 교장 선생님이 말했어요. 그는 주머니에서 종이 한 장을 꺼냈어요. 그게 뭘까? 경위서? 퇴학 처분서? 마일즈 머피 체포 영장?

아니었어요. 그것은 기타와 축구공, 번개가 그려진 생일 파티 초대장이었어요. 바킨 교장 선생님은 초대장을 허공에 대고 흔들었어요.

"학생 여러분!" 바킨 교장 선생님이 소리쳤어요. "코디 버-타일러가 직접 내게 생일 초대장을 보냈을 때, 저는 정말 놀랐어요. 사실, 놀랄 필요도 없었겠지만요. 코디는 항상 어른을 존경하는 올바른 아이였거든요. 그리고 내가 그 학생 교장도 아닌데 말이에요. 내가 알고 있기로 코디는 생일과 학업 모두 우수한 세인트 퍼페투아에 다니고, 밴드 활동도 하죠. 내가 최신 음악에 대해 잘 모르지만, 그래도 코디 버-타일러가 정말 멋지다는 건 분명히 알고 있어요….”

바킨 교장 선생님이 손으로 기타를 치는 동작을 하는 순간, 마일즈는 깨닫기 시작했어요: 상황 해제. 타일러 장난 계획은 여전히 유효했어요. 마일즈는 도망치기를 멈췄어요. 겨우 몇 걸음 떨어졌을 뿐이었어요. 마일즈는 30초 만에 다시 숨을 들이쉬고 교장님을 바라보았어요.

“다시 말해서 제가 초대받은 이유는, 코디가 저를 야니밸리의 중요 인물이라고 생각했기 때문입니다. 그래서 바쁘지만 이렇게 제가 왔고요. 코디를 기리기 위한 연설은, 계단에 차를 올려두는 그런 문제를 일으킬만한 전학생이 아니라, 야니밸리의 중요 인물인 제가….”

순간 어디선가 큰 소리가 들렸어요.

“미안해!” 스튜어트가 소리쳤어요. “사실 이게 내 선물이야!”

“다시 말해서, 우리는 코디 버-타일러의 생일을 기념하러 모였습니다. 아주 특~별한 생일이죠.” 바킨 교장 선생님이 들고 있던 초대장을 내려다보았어요.

“13번째 생일. 와우~. 아주 큰 숫자네요. 그래서 저는 우리 바킨 가족 모두를 대신해 테일러 생일을 축하하려고 합니다. 제 아들 조시는 미안하다고 전해달래요. 오늘이 자기 엄마 생일이라 올 수 없대요. 제 아내도 미안하다고 전해 달랬어요. 자기 생일이라 올 수 없다고요. 오늘 정말 많은 사람들이 생일이네요! 하지만 테일러 생일 파티는 절대 놓칠 수 없어요. 올해 가장 큰 파티니까요! 그리고 저 케이크 좀 보세요! 누가 제게 한 조각 가져다줄 수 있나요?”

나일즈가 정자로 가서 거대한 케이크 조각을 들고 달려갔어요.

"코디 버-타일러를 위하여!" 바킨 교장 선생님이 포크를 높이 들며 소리쳤어요.

"코디 버-타일러를 위하여!" 사람들도 소리쳤어요.

"생일 축하해!" 바킨 교장 선생님이 케이크를 입에 물고 말했어요.

"생일 축하해!" 사람들이 대답했어요.

바킨 교장 선생님은 몇 번이나 입술을 핥았어요. "미안해요. 케이크가 좀 건조하네요. 혹시 주스 같은 음료 가져다줄 수 있나요? 그래야 나머지 연설을 마칠 수 있을 것 같아요."

사람들은 바킨 교장 선생님의 연설에 지쳐 구호를 외치기 시작했어요.

"코디! 코디! 코디! 코디!"

바킨 교장 선생님은 사람들 분위기에 압도되어, 입에 케이크를 물고 함께 외쳤어요.

"코디! 코디! 코디! 코디!"

바킨 교장 선생님은 손을 흔들며 정자에서 내려갔어요.

"코디! 코디! 코디! 코디!"

모든 시선이 비어있는 무대에 집중되었어요.

마일즈는 셔츠 앞부분을 매만졌어요. 장난 계획은 다시 시작되었어요. 지금이 바로 그 순간이었어요. 이건 완벽했어요. 마일즈는 정자 쪽으로 다시 걸어갔어요.

아이들은 구호를 계속 외쳤어요.

태양은 빛났어요.

그리고 갑자기 전기 기타 연주 소리가 공원에 울려 퍼졌어요.

사람들이 갈라지며 그 사이에서 긴 소년이 축구 헬멧과 유니폼을 입고 나타났어요. 그는 마일즈를 지나쳐 정자의 계단을 한 번에 뛰어올랐어요. 어깨에 전기 기타를 메고 있었어요. 그의 유니폼 뒷면에는 "1"이라는 숫자가 적혀 있었고, 이름은 버-타일러였어요.

이야기 열다섯

"여 러분 안녀어어어어어어어어엉~, 야니밸리이이이이이이이이~!"

그 아이가 말했어요. "생일 축하해요, 나에게!"

전기 기타 연주 소리가 다시 울렸어요.

마일즈는 눈앞에서 벌어지는 일을 이해하려고 머리를 굴리며 살짝 흔들렸어요. 세상에 없는 사람, 코디 버-타일러. 마일즈가 만들어낸 가상의 인물이 눈앞에 진짜로 서 있었어요. 게다가 너무 멋있기까지.

마일즈의 장난 계획 노트북에는 "토네이도", "새 공격", "식중독"에 대한 비상 대책은 있었지만, "당신이 만든 가상 인물이 마법처럼 현실에 나타나 정자 뒤에서 녹색 양동이를 꺼내고, 군중 속으로 축구공을 던지는 상황"에 대한 계획은 없었어요. 그런데 지금 그런 일이 일어나고 있는 거예요.

학생들은 코디가 사인한 축구공을 받으려고 난리였어요. 바킨 교장 선생님은 사람들 사이에서(다른 사람들보다 두 배는 더 커서)대부분의 공을 잡았어요. 그는 완전히 신나서 뛰어다니고 있었어요.

"나 줘! 나 줘!" 교장 선생님이 펄쩍펄쩍 뛰며 소리쳤어요.

코디 버-타일러는 양동이를 거꾸로 뒤집어서 이제 더 없다고 보여줬어요. 아이들은 실망하며 다시 자리에 앉았어요.

"여러분, 재미있었나요? 하지만 잠깐 진지해질게요. 코디가 조용한 목소리로 말했어요. "내 생일 파티를 제가 원하는 대로, '올해의 파티'로 만들어 주셔서 감사합니다. 바킨 교장 선생님, 감동적인 연설 감사해요. 정말 당신이 우리 학교 교장 선생님이었으면 좋겠어요."

바킨 교장 선생님 혼자서 감동의 박수를 쳤어요.

"그리고 여러분 모두에게 한 가지 말하고 싶어요: 신나게 파티 즐기고! 위대한 삶을 살아요! 그리고 모든 선물에 감사해요!"

전기 기타 소리가 다시 울려 퍼졌어요. 그런데 기타 소리는 어디서 나오는 거지? 코디는 그동안 등에 메고 있던 기타를 한 번도 연주하지 않았거든요.

코디 버-타일러는 사람들에게 엄지손가락을 번쩍 들어 올렸어요. 사람들은 엄청나게 열광했어요. 그리고 타일러는 난간을 폴짝 뛰어넘어 풀밭에 착지했어요. 모두 다시 한 번 환호했어요.

"모두에게 평화를!"

코디 버-타일러는 마일즈가 잡고 있던 손수레 손잡이를 잡았어요.

"고마워 꼬마 친구, 손잡이 따뜻하게 데워줘서~." 그가 말했어요.

마일즈는 코디 버-타일러가 선물을 가지고 나가, 길쭉한 리무진의 트렁크에 싣는 모습을 지켜보았어요. 리무진은 테일러가 연설하는 동안 도착한 것 같았어요. "모두, 나 없이도 파티 계속해요." 그가 말했어요. "나는 가야 해요. 집에 또 다른 파티가 있거든요."

그리고 코디 버-타일러는 여전히 헬멧을 쓰고 뒷좌석에 올라타더니
리무진이 떠나갔어요.

방금 무슨 일이 일어난 거지?

마일즈는 이제 정자의 맨 아래 계단에 앉아 있었어요.

심각하게: 진짜로 방금 무슨 일이 일어난 거지?

마일즈는 앉아서 생각했어요. 아이들은 웃고, 음악은 계속 울려 퍼졌고, 마일즈는 그저 멍하니 앉아 있었어요. 스튜어트는 여전히 뭔가를 쫓고 있는 것 같았어요. 마일즈는 그대로 앉아 있었어요.

차들이 하나둘씩 도착하고 부모들은 아이들에게 손을 흔들었고, 아이들은 차에 탔어요. 차들이 떠나면서 먼지구름이 둥둥 떠다녔어요. 마일즈는 그대로 앉아 있었어요.

남은 사람들이 마지막 음식을 가져갔어요. 핫도그와 브라우니. 하지만 케이크는 남아 있었어요. 케이크는 여전히 많이 남아 있었어요. 마일즈는 계속 그대로 앉아 있었어요.

홀리와 나일즈가 와서 마일즈에게 말했어요. 마일즈도 대답했어요. 그러나 홀리와 나일즈가 떠났을 때, 마일즈는 그들이 무슨 말을 했는지 기억할 수 없었어요. 모든 게 단지 소음일 뿐이었어요. 다른 모든 사람은 공원을 떠났지만, 마일즈는 여전히 앉아 있었어요.

멀리서 소가 울었어요. 마일즈는 그대로 앉아 있었어요. 해가 지고 공원 불이 환하게 켜졌으며, 스프링클러가 켜졌고, 마일즈는 여전히 앉아

있었어요.

해가 지고 약 한 시간 후, 마일즈는 더 이상 앉아 있기를 그만두기로 했어요. 이제 일어나기로 했어요.

마일즈는 새로운 멀티버스 세상에 들어온 기분이었어요. 이제 가상의 인물이 현실이 되었으니, 무엇이든 할 수 있을 것 같았어요. 정자를 우주로 발사해서 말머리성운을 식민지로 만들 수도 있을 것 같았어요. 아니면 번개가 저 소나무를 쳐서 나무가 갈라지면서 금화가 쏟아질 수도 있어요. 아니면 들판에 화산이 터져서 용암이 솟아올라 야니밸리를 삼킬 수도 있겠지만, 화산 폭발 힘으로 마일즈가 원래 살았던 아파트로 안전하게 데려다 줄 수도 있어요. 바다에 가까운 분홍색 건물에 벽과 천장에 지도가 붙어 있었던 곳. 마일즈가 장난의 달인으로 알려졌던 옛 동네 말이에요. 마일즈는 몇 초 동안 무슨 일이든 일어나길 기다렸어요.

하지만 아무 일도 일어나지 않았어요.

코디 버-타일러의 파티에서 남은 것은 쓰레기로 가득한 들판과 끔찍한 케이크가 담긴 쟁반뿐이었어요. 마일즈는 쓰레기봉투를 집어 들었어요. 마일즈는 크림을 손가락으로 찍어 한 입 먹고는 케이크를 봉투에 처넣었어요. 종이 접시와 사탕 포장지, 탄산음료 병과 캔, 피자 크러스트와 흩어진 감자칩을 주웠어요. 마일즈는 손수레 하나 분량의 선물을 가지고 공원을 떠날 예정이었지만, 그가 가진 것은 커다란 쓰레기봉투 하나뿐이었어요. 심지어 손수레도 없었어요. 사실 그 손수레는 마일즈가 여섯 살 때부터 가지고 있었던 것이에요! 모두가 뭐라고 하든지 간에, 마일즈는 이제 코디 버-타일러가 그렇게 멋지지 않다는 생각이 들기 시작했어요.

축구 헬멧과 전기 기타를 제외하면, 그는 그냥 선물꾸러미 손수레를 훔친 도둑일 뿐이었어요.

마일즈는 어깨에 커다란 쓰레기봉투를 걸친 채, 공원을 마지막으로 둘러보았어요. 테이블 아래에 무언가 하나 떨어져 있었어요.

그것은 선물이었어요.

마일즈는 쓰레기봉투를 떨어뜨리고 테이블을 향해 달려갔어요. 마일즈는 네발로 뛰어갔어요. 젖은 풀밭이 마일즈의 무릎을 적셨어요. 마일즈는 테이블 아래로 기어가서 선물을 집어 들었어요. 그는 코디 버-타일러 리무진이 다시 나타나 이 마지막 선물을 빼앗아 갈까, 걱정하며 주변을 살폈어요. 하지만, 아니었어요. 여전히 마일즈는 혼자였어요. 테이블 아래에서 그는 선물을 무릎 위에 올려놓았어요. 선물은 신발 상자 크기였고, 은색 포장이 달빛에 반짝였어요. 마일즈는 리본을 물어뜯고 포장을 찢었어요. 안에는 상자가 들어있었어요! 뚜껑이 테이프로 붙어 있었어요. 마일즈는 손가락으로 테이프를 뜯었어요. 그리고 뚜껑을 열었어요. 안에는 다시 또 종이 포장지가 들어있었어요! 종이를 벗기고 안을 들여다보았어요.

상자 안에는 실제로 죽은 닭처럼 생긴 고무 닭이 있었어요. 분명 누군가의 장난친 것 같았어요.

마일즈는 닭 다리를 잡고 쓰레기봉투 쪽으로 걸어가서 집어던졌어요. 닭은 날개를 윗배에 대고 쓰레기봉투 속에 거꾸로 박혔어요.

그런데 닭의 배에는 메시지가 하나 적혀 있었어요.

마일즈는 쓰레기봉투 속으로 손을 넣어 다시 고무 닭을 꺼냈어요. 글씨는 큰 블록 글자로 적혀 있었어요.

누가 이런걸 코디 버-타일러에게 주려고 했던 것일까? 마일즈는 고무

너는 절대로 최고의 프로강난러를 속일 수는 없어. 일요일 해 질 녘에 부두에서 만나. 무덤엔 혼자 오도록.

닭을 바닥에 떨어뜨리고 다시 테이블로 뛰어왔어요. 마일즈는 포장 속을 뒤지다가 금색 이름표를 발견했어요. 거기에는 필기체로 이렇게 쓰여있었어요.

마일즈에게   나일즈가

313번째 사실

소는 32개 이빨을 가지고 있어요.
나나 여러분과 똑같이 말이에요!

314번째 사실

소는 순례자들과 함께 미국에 왔지만,
그들처럼 웃긴 모자를 쓰진 않았어요!

315번째 사실

소는 토하지 못해요.

대박!

일 요일, 해 질 녁.

마일즈는 고무 닭 목을 왼손으로 꽉 잡고 있었어요. 그의 손은 땀에 젖어 있었고, 고무 닭도 마찬가지였어요.

마일즈의 뒤에서 나뭇가지가 부서지는 소리가 들렸어요.

마일즈는 급히 돌아섰어요.

나일즈였어요. 그런데 나일즈는 원래 알고 있던 나일즈 같지 않았어요. 그가 달라 보이는 이유를 말하기는 어려웠어요. 나일즈는 리본을 메고 있지 않았지만, 그것 때문만은 아니었어요. 그의 헝클어진 머리카락, 굳은 표정, 갈색 재킷과 네이비 블루 터틀넥 스웨터도 이상했어요. 어쩌면 터틀넥 스웨터와 관련이 있을지도 모르겠어요. 나일즈는 터틀넥 스웨터를 멋지게 입고 있었고, 마일즈는 터틀넥을 입고 멋지게 보이는 사람을 본 적이 없었어요. 그리고 마일즈는 나일즈가 전혀 멋져 보이는 것도 본 적이 없었어요. 하지만 오늘 밤 나일즈는 멋져 보였어요. 그는 더 키가 커 보였어요. 그는…. 왠지 당당해 보였어요.

"왜 고무 닭을 가져왔어?" 나일즈가 물었어요.

마일즈는 고무 닭을 내려다보고, 다시 나일즈를 쳐다보았어요.

"음…, 우리에게 필요할지도 모른다고 생각했어."

"무엇을 위해서?"

"음, 아마도 우리 만남이 이 고무 닭이랑 관련이 있을지도 몰라서?" 마일즈가 말했어요.

"고무 닭은 메시지를 전달하는 방법일 뿐이야. 프로장난러는 고무 닭에 메시지를 써서 다른 프로장난러와 소통해."

"아," 마일즈가 말했어요. "알겠어. 그럼, 고무 닭을 다시 돌려줄까? 아니면 그냥 가지고 있을까, 아니면 어디에 둘까."

"고무 닭은 이제 그만 잊어버려!" 나일즈가 말했어요.

멀리서 소가 울었어요.

이 만남은 마일즈에게 점점 더 혼란스러워졌어요. "네가 내 생일 파티 계획을 망쳤잖아!" 마일즈가 나일즈에게 소리쳤어요.

"아니, 내가 네 생일 파티를 살렸지."

"살렸어? 살렸다고?" 마일즈는 웃으려고 했지만, 입이 마르고 기침만 나왔어요. "말이 돼? 네가 내 선물을 모두 훔쳤잖아. 아니면 코디 버-타일러가 훔쳤든지. 아니면 누군지 모르겠지만, 도대체 그게 누구야?"

"힐스데일에서 온 어떤 아이였어. 내가 20달러 주고 코디 버-타일러처럼 행동하라고 시켰지."

"그럼, 걔가 내 선물 가지고 있어?"

"아니. 그 선물들은 내가 가지고 있어, 마일즈."

"뭐? 그런데 그러면서 내 파티를 살렸다는 거야?"

"네가 계획한 장난은 장난에 끼지도 못해."

"뭐라고?"

"마일즈, 네가 기대한 장난은 어떻게 될 거라고 생각했어?"

"내가 무대에 올라가서 모두에게 '이게 다 장난이었다~!' 말하고, 선물을 잔뜩 받았겠지."

"그래서 그 선물을 가지고 그냥 떠나려고 했다고? 네가 학교 전체에 거짓말을 했다고 말한 뒤에 말이야?"

마일즈는 잠시 생각했어요.

"그렇지."

"그게 정확히 어떻게 될 거라고 생각했어?"

"사람들이 내 장난에 너무 놀라서 내가 떠나는 걸 그냥 지켜볼 거라고 생각했어."

나일즈는 마일즈를 뚫어지게 쳐다보았어요.

"그래, 알았어. 네가 무슨 얘기하고 싶은지 알아." 마일즈가 말했어요.

"하지만 그래도 내 이름은 하나는 알려지게 될 거 아냐. 모두가 '마일즈 머피' 이름을 기억하게 될 거야."

"그래, 마일즈 머피. 거짓말쟁이와 도둑."

"음, 그렇게 말하면…."

"모두에게 장난을 치면, 누가 그 장난을 알아봐 줄 수 있겠어? 모두에게 장난을 치는 건 아무에게나 장난치는 것과 같아."

"뭐라고?" 마일즈가 말했어요.

"장난의 기본 규칙 하나를 잊고 있어." 나일즈가 말했어요. "염소는 그럴만한 자격이 있어야 해."

"염소?"

나일즈는 눈을 굴렸어요. "좀 찾아봐, 마일즈! 프로장난러들은 그들의 희생자를 '염소'라고 불러. 그리고 염소가 되려면 그럴만한 자격이 있어야 하지. 사람들은 모두 염소가 장난에 걸려들어 당하는 걸 보고 좋아해. 그런 의미로 바킨 교장 선생님은 아주 훌륭한 염소지. 충분히 염소 자격이 있어. 게다가 자주 보라색으로 변하지."

"그래서 네가 교장 선생님 차를 계단 위에 놓았던 거구나!"

나일즈는 다시 마일즈를 뚫어지게 쳐다보았어요.

"근데 네가 나한테 장난을 가르칠 자격이 있어?" 마일즈가 물었어요.

"난 옛날 학교에서 최고의 프로장난러였어! 난 전설이었다고!"

"너는 야크였어."

"뭐라고?"

나일즈는 한숨을 쉬었어요. "야크 말이야. '야크'는 자기 장난을 항상 자랑하는 사람을 말해. 프로장난러는 인기 얻으려고 장난치는 게 아니야. 프로장난러는 장난 자체를 이루기 위해 장난을 치지."

마일즈는 고무 닭의 목을 더 꽉 잡았어요.

"들어 봐." 나일즈가 말했어요. "사람들이 네가 프로장난러라는 사실을 알면, 모두가 너를 주목해. 아이들은 네가 다음에 무엇을 할지 기대하며 기다리고 있어. 교장들은 복도에서 너를 쫓아다니고. 진짜 프로장난러에게는 그것이 죽음과도 같아. 최고의 장난은 많은 작업을 필요로 해. 준비가 필요하지. 진정으로 훌륭한 장난을 치려면, 아무도 모르게 해야 해. 최고의 장난은 모두를 궁금해하게 만들지."

나일즈의 말에는 일리가 있었어요. 마일즈가 솔직하게 말하자면, 그의 올드한 '샌디 숏츠' 작전은 담임 선생님이 그를 즉시 붙잡지 않았다면 훨씬 더 나은 장난이 되었을 거예요. 그리고 염소 얘기도 이해했어요. 마일즈가 옛날 동네를 떠날 무렵, 그의 가장 가까운 친구들이자 거의 끊임없이 장난의 희생양이었던 칼과 벤은 더 이상 전화를 받지 않았어요. 하지만. 하지만! "하지만 사람들한테 장난을 인정받는 게 너무 재밌어." 마일즈가 말했어요.

나일즈는 미소를 띠었어요. "나도 마찬가지야. 그래서 내가 너에게 고무 닭을 보낸 거야. 그래서 오늘 너가 여기에 있는 거고. 내가 제안 하나 할 게 있어."

마일즈는 기다렸어요.

"내 제안은." 나일즈가 말했어요. "우리가 팀을 이루는 거야. 프로장난러 듀오가 되는 거지. 공모자들. 상호 존중과 장난의 즐거움에 기초한 비밀 조직이야. 이름도 정해놨지. 우리를 '**못 말리는 녀석 둘**'이라고 부를 거야."

"난 싫어!" 마일즈가 말했어요.

"뭐?" 나일즈가 말했어요. 오늘 처음으로 나일즈 동공이 흔들렸어요.

"너의 그 멍청한 비밀조직에는 가입하고 싶지 않아."

"하지만 가입하는 게 좋을걸! 내가 가르쳐줄 거거든. 의심 피하는 방법과….'

"뭐? 네가? 날 가르친다고? 네가 나를 가르쳐줄 수 있다고 생각해?" 마일즈의 얼굴이 뜨거워졌어요. "네가 날 가르쳐줄 필요는 없어. 나는 장난의 전설이야.'

"아, 기분 나쁘게 할 생각은 아니었어," 나일즈가 말했어요. "그래, 맞아. 너한테는 진짜 장난 잠재력이 있어."

"'잠재력?' 지금 '잠재력'이라고 했냐?" 마일즈는 지금 소리치고 있었지만, 자기가 소리치고 있었다는 사실을 몰랐어요. "나는 네가 상상도 못할 장난을 계획했어. '상황: 차가운 오트밀'이라고 들어봤어? '위대한 이중 초점 장난'이라고 들어 봤어? 네가 장난 전문가라고? 너의 연구에서 '감자 벌레 더미'라는 장난을 해본 적 있어?"

"그런 장난은 들어본 적 없어." 나일즈가 말했어요.

"그럼, 네가 나한테 배워야겠네. 그 장난들은 내가 발명한 거니까."

"알겠어, 알겠어." 나일즈가 손을 내밀었어요. "마일즈, 나는 그런 뜻으로 말한 게 아니야."

"난 네가 필요해. 우리는 서로 도울 수 있을 것 같아."

"하하!" 마일즈가 웃었어요. (마일즈는 진짜로 하하! 라고 말했어요.)

나일즈는 그저 뚫어지게 쳐다보았고, 마일즈는 계속 말했어요.

"자, 다시 말할 게: 싫어. 지금도 싫고, 앞으로도 영원히 싫을 거야. 너의 아주 조그만 장난팀에서 2인자 역할을 하진 않을 거야." 마일즈는 크게 숨을 들이켰어요.

"난 이제 장난 전쟁을 선포하겠어."

"마일즈, 난…, 그런 거 싫어."

"뭐야, 나일즈. 무서운 거야? 무서워하고 있잖아! 장난 전문가라는 녀석이 무서워하네."

"그만하자, 마일즈."

"아니, 난 물러서지 않을 거야! 이제부터 전쟁이라고. 장난 전쟁!"

"마일즈, 네가 한 말 심각하게 잘 생각해 봐."

"아니, 나일즈, 너나 심각하게 생각해 봐. 집에 가서 시작해 봐, 정말 심각하게 계획하고 생각해 봐. 네가 가진 모든 뇌세포가 필요할 거야. 왜냐하면 너는 계속 생각하고 또 생각해도, 나는 항상 너 바로 뒤에서 한 발 더 앞서 있을 거니까." 마일즈가 단호하게 말했어요.

"그래? 좋아, 그럼. 네가 원하는 대로 해. 그럼, 미리 사과할게…."

"그래, 아니, 내가 미안하지. 나일즈. 오늘 만남이 네 계획대로 되지 않아서 미안해. 아마 내가 오늘 밤 여기 와서 네 부하가 되어주리라 생각했겠지. 그게 네 한계야. 나일즈 스파크스: 너는 나를 아직 잘 모르고 있어. 내가 머릿속에서 무슨 생각을 하고 있는지 모르잖아." 마일즈는 닭 부리로 자기 머리를 두드렸어요. "그게 바로 네가 이 장난 전쟁에서 절대 이길 수 없는 이유야."

"뭐 그렇게 생각하시든지." 나일즈가 말했어요. "그럼, 장난 전쟁을 시작한 거다."

마일즈 머피는 나일즈가 떠나는 모습을 지켜봤어요. 보라색 저녁 하늘 아래서 나일즈가 소 모양 실루엣에서 나일즈 모양 실루엣으로 바뀌는 모습을 지켜보았어요. 마일즈는 너무 열심히 지켜보고 있어서 조시 바킨이 뒤에 다가오는 것을 느끼지 못했어요. 조시가 마일즈에게 헤드락을 걸기 전까지 말이죠.

"여기 있을 줄 알았다, 님버스." 조시가 말했어요.

"어떻게 알았…나?" 마일즈는 목 안의 기도를 열어 겨우 말했어요.

"그 쪼그만 님버스, 나일즈 스파크스가 말해주더라고. 어젯밤에 나일즈가 나한테 전화해서는 점심 사건 일로 안 때리겠다고 약속하면, 네가 어디 있는지 알려 주겠다고 하더라고. 나일즈가 너를 팔아 넘긴 거지!

마일즈가 한숨을 쉴 수 있었다면 쉬었을 거예요.

"심지어 네 단짝도 네 친구가 아닌 거야!" 조시가 말했어요. 그리고 나서는 마일즈의 배를 한 대 때렸어요.

마일즈는 고무 닭을 바닥에 떨어뜨렸어요.

이야기 열아홉

"장난 전쟁의 첫날이야." 마일즈 마음속의 냉정이가 말했어요. 마일즈는 교직원 휴게실 밖 화분 뒤에 숨어 있었어요. "아니면 장난 전쟁의 둘째 날이야. 조시 바킨 교장 선생님의 일이라면 둘째 날이지만, 나는 인정하지 않겠어."

마일즈는 시계를 확인했어요. 9분이었어요.

마일즈 자신의 계획을 시작하기까지 9분이 남아 있었다는 뜻이에요. 작전 시간인, 2교시와 3교시 사이에는 학생들이 간식을 가져가거나 밖으로 나갈 수 있는 시간이었어요. 시작종이 울리고 끝나는 종이 울리기 전까지는 15분뿐이었어요. 그중 6분이 이미 지나갔어요.

교직원 휴게실 앞 복도가 소용해질 때까지 기다렸어요. 이제 마일즈는 큰 화분 뒤에 숨어 혼자 남을 수 있었어요. 작전 시간 시작부터 그 자리를 지켰기 때문이죠. 선생님 여덟 분이 휴게실로 들어가는 것도 확인했어요.

그러니까 지금이 바로, 선생님 여덟 분이 다시 밖으로 뛰쳐나가도록 해야 하는 순간이었죠.

마일즈는 배낭의 지퍼를 열고 장난 계획 파일을 꺼냈어요. 그 파일은 평범해 보였고, '양식'이라는 단어가 적혀 있었어요. 마일즈가 생각할 수 있는 가장 평범하고 고리타분한 단어였죠. 마일즈는 파일 속에서 선생님들이 밖으로 뛰어나오게 할 물건을 하나 꺼냈어요.

마일즈는 복도 양쪽을 살펴보았어요. 완벽히 아무도 없었어요.

마일즈는 숨어 있던 화분 뒤에서 몰래 나와, 카펫을 가로질러 달려가 밝은 녹색 전단지를 문 아래로 쑥~ 밀어 넣었어요. 문을 두 번 똑똑 두드리고는 다시 화분 뒤로 달려가 숨어서 기다렸어요.

마일즈의 시계 초침이 18번 똑딱거린 뒤에야 문이 열리는 소리가 들렸어요. 토렌 선생님, 루이스 선생님, 게봇 선생님, 메이첼 선생님, 트라이버 선생님, 스티븐슨 선생님, 그리고 맥스웰 선생님이 뛰어나와 컵케이크가 있는 카페테리아로 달려갔어요. (노른자를 많이 넣어서 아주 촉촉한 컵케이크였어요. 코디 버-타일러의 생일 파티 케이크는 너무 뻣뻣해서 새롭게 업그레이드한 레시피였어요.)

"난 컵케이크 너무 사랑해요." 맥스웰 선생님이 메이첼 선생님에게 말했어요.

"초콜릿 케이크가 있으면 좋겠어요." 트라이

버 선생님이 스티븐슨 선생님에게 말했어요.

"왜 컵케이크를 휴게실로 가져오지 않았는지 모르겠어요." 루이스 선생님이 허공에 대고 말했어요.

선생님들은 일곱 명만 나왔어요. 마일즈는 선생님 여덟 명이 필요했는데 말이죠. 문이 닫혔어요. 마일즈는 나머지 한 선생님을 기다렸어요. 그리고 또 30초. 이제 6분 30초가 남았어요. 남은 사람은 누구일까? 마일즈는 휴게실로 들어가는 장면을 되돌려봤어요. 모든 게 너무 빨리 일어났죠.

아이들이 어디에선가 소리쳤고, 바킨 교장 선생님이 어디선가 소리쳤어요. 자물쇠가 덜컥거리고, 백팩이 휘둘렸으며, 은색 트랙 바지가 반짝였죠. 맞아! 오 코치님!

마일즈는 혼란스러웠어요. 오 코치님은 왜 안 갔을까? 오 코치님은 컵케이크를 좋아하는 사람 같았어요. 사실, 마일즈는 개학 첫 3주 동안 매일 포장된 컵케이크를 먹는 걸 봤거든요. 하지만 첫 3주 동안만 그랬죠.

마일즈는 체육 시간에 오 코치님과 박 코치님 얘기를 엿들었던 기억을 떠올라 벽에 기댔어요. 오 코치님은 탄수화물 다이어트를 하고 있다고 했어요.

컵케이크에는 분명 탄수화물이 들어있거든요.

마일즈는 빠르게 머리를 굴려야 했어요. 어떻게 하면 오 코치님을 휴게실에서 내보낼까?

곧바로 마일즈는 장난 계획 폴더를 꺼내고, 밝은 녹색 복사지를 꺼내서 다시 쓰기 시작했어요. 그는 전단지를 한 번 훑어본 후 최고의 속임수를 그려 넣었어요. 오른쪽 아래에 복사기 토너처럼 보이는 잉크 얼룩을 추가한 것이죠.

완벽했어요. 굴러가고, 넘어지고, 미끄러지고.

마일즈는 6초도 안 걸려서 식물 화분 뒤로 달려가 숨었어요. 오 코치님은 3초도 안 걸리고 뛰쳐나갔어요. 은색 트랙 바지가 복도를 슝~하고 사라졌어요.

이제 3분 남았어요. 이번이 마지막 기회였죠. 마일즈는 마지막으로 화분 뒤 은신처를 떠나 급히 복도를 가로질러 달려갔어요. 그는 손잡이를 잡고 잠시 멈췄다가 교직원 휴게실로 밀어 넣었어요.

교직원 휴게실. 모든 학생 출입 금지, 성역, 커피 냄새가 났어요. 모든 것이 베이지색이었고, 가운데에는 큰 흰색 찢어진 쿠션이 있는 다크브라운 소파가 있었어요. 머그컵이 여기저기 있었고, 몇 달 된 잡지와 거의 다 끝난 십자말풀이가 있었어요. 커피 테이블의 중앙에는 도넛이 반쯤 담긴 접시가 있었죠. 그리고 뒷벽에는 12개의 작은 칸이 있는 우편함이 있었어요. 선생님들의 우편함이었죠.

마일즈가 방을 가로질러 걸어가는 모든 걸음걸음마다 금지된 것에 대한 스릴이 느껴졌어요.

마일즈는 적진 한가운데에 있는 스파이가 된 것처럼 느꼈어요. 마일즈는 우편함 앞에 서서 이름이 손 글씨로 적힌 테이프 스트립을 훑어보며 숨을 멈췄어요. 알바레즈, 앤더슨, 바킨.

마일즈는 전날 밤, 이 동작을 충분히 연습했기 때문에 자동으로 몸이 움직였어요: 아무것도 보지 않고 장난 계획 폴더에서 긴 흰색 봉투를 꺼내 까치발로 서서 마지막으로 위조한 편지를 확인했어요.

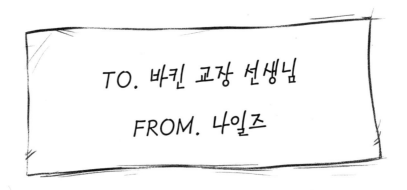

TO. 바킨 교장 선생님
FROM. 나일즈

마일즈는 웃으며 봉투에 키스하고 바킨 교장 선생님의 우편함에 넣었어요.

그러고는 나가면서 도넛을 하나 집어 들었어요.

종이 울리기 전에, 마일즈는 메인 홀에 있었고, 도넛은 이미 마일즈 뱃속에 들어있었어요.

이야기 스물

"줄 아요, 여러분! 자, 자! 빨리 줄 서요!"

오 코치님이 호루라기를 불며 외쳤어요. "뭉쳐 있지 말고, 줄을 서야지!"

아무도 줄을 서지 않았어요. 조시 바킨은 농구 골대를 뛰어올라 그물을 만지고 있었고, 몇몇 아이들은 그 장면을 지켜보고 있었어요. 스튜어트는 셔츠를 거꾸로 입고 있었어요. 두 남자아이와 여자아이가 관중석에서 책을 읽고 있었어요. 그리고 체육관 밖 어딘가에서 소가 울고 있었죠.

"자, 줄을 서! 줄을 서!" 오 코치님은 점점 절박해졌어요. "너희는 오늘이 '스승의 날'이라는 걸 모르는 거냐? 정말, 조금도 감사하지 않는군. 베이컨도 없었고 말이야. 분명 베이컨이 있을 거라고 들었는데."

"컵케이크도 별로였어, 톰." 박 코치님이 말했어요. "뻣뻣했어."

트로피 보관함 근처에서 마일즈는 눈을 굴렸어요.

"그래도 너는 꽤 맛있게 먹었던 것 같은데, 마이크." 오 코치님이 말했어요. "세 개나 먹었잖아."

"그 누구도 네가 컵케이크를 먹지 못하게 하지 않았어, 톰." 박 코치님이 말했어요.

"나 탄수화물 다이어트 시작했어!" 오 코치님이 소리쳤어요. 그러고는 다시 호루라기를 불었어요. "줄 서라고!" 뭉쳐 있던 무리가 점점 하나의

큰 무리로 모였어요.

"그게 줄이냐? 그냥 뭉쳐있
는 거잖아!" 오 코치님이 짜
증냈어요.

"아니면 한 덩어리." 박 코치님이
웃었어요.

많이 움직이고, 밀고 당긴 다음, 조시 바킨이 다른
아이들을 밀쳐 내면서 뭉쳐 있던 무리가 드디어 줄
로 바뀌었어요. "휴, 이제야 줄이 됐네!" 오 코치님이
한숨쉬었어요.

"잘 했어~." 박 코치님이 말했어요.

오 코치님은 별다른 이유 없이 호루라기를 불었어
요. "오늘부터 실내 하키를 시작할 거야. 실내 하키의
가장 중요한 규칙은 뭐지? 바로 무릎 위로 하키 스틱
을 휘두르지 않는 것이야."

"스틱을 낮게 유지해야 해," 박 코치님이 말
했어요. 박 코치님은 호루라기를 입에
물고 말하면서 약하게 불었어요.

"스틱을 높이 휘두르면 누군가의 얼굴을 실수로 칠 수 있어."

조시는 마일즈를 쳐다 보고 씩하고 미소를 지었어요.

"저쪽에 스틱이 있고, 여기에 퍽이 있고, 콘은 이쪽에 있다. 이제 스틱을 잡고, 짝을 지어서 퍽을 서로에게 패스하는 연습을 하는 거다. 그다음에 콘을 가지고 뭘 해야 할지는 있다가 말해줄거다. 그럼 시작!"오 코치님이 호루라기를 불자, 줄은 다시 한 뭉텅이로 흩어졌어요.

"이 아이들은 내 말을 전혀 안 듣는 것 같아."오 코치님이 박 코치님에게 말했어요. "정말 미치게 만든다니까. 내 손 좀 봐, 떨고 있잖아."

"톰, 크래커 같은 거 좀 먹는 게 어때?"

"나는 크래커를 먹을 수 없다고, 마이크! 크래커는 내 다이어트 식단에 안 맞는다고!"

"아, 그만 좀 소리 질러, 톰."

코치들은 호루라기를 주고받으며 가끔씩 불어가며 심각하게 논쟁을 벌였어요.

마일즈는 나일즈가 메쉬 가방에서 고무 퍽을 꺼내는 것을 봤어요. '요 녀석 봐라.'하고 마일즈는 생각했어요. 마일즈는 나일즈에게 동정심

을 느낄 뻔했어요. 불쌍한 나일즈. 나일즈는 곧 무슨 일이 일어날지 전혀 눈치채지 못하고 있었어요. 그리고 그건 바로 장난 최고로 결정적인 순간이었어요.

마일즈는 하루 종일, 바킨 교장 선생님이 보라색 얼굴을 하고 나타나 나일즈를 수업에서 끌어내기를 기다렸어요. 하지만 과학 시간에도, 역사 시간에도, 조용한 독서 시간에도 그런 일은 일어나지 않았어요. 미술 시간에도 일어나지 않았어요.

그래서 이제 체육 시간에 일어날 수밖에 없다고 생각했어요. 이게 얼마나 완벽한 상황인가! 체육 시간, 즉 나일즈가 체육복을 입고 바킨 교장 선생님 방으로 불려 가게 될 시간이에요. 얼마나 창피할까! 그리고 나일즈는 정학을 당하거나 심지어 퇴학을 당할 수도 있어요! 어찌됐든 나일즈 스파크스는 곧 '주인공'이 될 순간이었어요. 왜냐하면 마일즈가 그날 아침 바킨 교장 선생님의 우편함에 넣은 것이 바로 이 편지였거든요:

존경하는 바킨 교장 선생님.

자수합니다. 저 나일즈가 학교 첫날에 교장 선생님 차를 계단 꼭대기에 세워놨어요.

죄송해요. 저도 왜 그랬는지 모르겠어요. 아마 교장 선생님께서

엄하게 벌을 주실 거라는 걸 잘 알고 있습니다.

맞아요. 저도 그럴만하다고 생각하고, 달게 받겠습니다.

존경합니다, 교장 선생님.

－진심으로, 나일즈가

마일즈는 나일즈의 사인이 어떻게 생겼는지 몰랐어요. 그래서 마일즈 장난의 마지막 작품은 편지 아랫부분에 쓸데없이 휘둘러 쓰는 사인이었어요. 그런데 나일즈가 여기 있네요. 두 사이즈나 큰 체육복을 입고 플라스틱 하키 스틱을 끼고 다가오고 있었어요.

"나랑 짝꿍 할래?" 나일즈가 물었어요.

마일즈는 어깨를 으쓱했어요. "난 하키 스틱이 없어."

"그 말이 아니고. 장난 계획 파트너에 대해 더 생각해 봤냐고." 나일즈는 아무도 듣지 않는지 확인했어요.

"'못 말린 녀석 둘' 말이야?"

"그래, 그거." 나일즈가 말했어요. "왜? 나랑 장난 전쟁을 시작한 것 후회 돼?"

"장난 전쟁은 네가 시작했잖아."

"뭐, 됐어. 있잖아, 나일즈. 내 생각엔 네가 겁먹은 것 같은데 아냐? 나를 그냥 따로 두는 것보다 차라리 네 편이 되는 게 더 낫다고 생각하는 것 아냐? 나 혼자 있으면 훌륭하고 멋진 장난 계획을 꾸미게 될 테니까 말이야."

마일즈는 체육관 문을 확인했어요. 지금이 바킨 교장 선생님이 나타나기 딱 좋은 시간이었어요.

하지만 바킨 교장 선생님은 나타나지 않았어요. 대신, 나일즈는 체육복 주머니에서 봉투를 하나 꺼냈어요.

그냥 봉투가 아니었어요. 마일즈가 쓴 바로 그 편지 봉투였어요.

오늘 체육 시간에서 처음으로 마일즈는 숨이 턱 막혔어요.

"그…, 그거 어디서 났어?"

나일즈는 무심한 듯 어깨를 으쓱하며 답했어요. "바킨 교장 선생님의 우편을 분류하고 배달하는 게, 내 일과 중 하나야. 학교 도우미로서 말이야. 그래서 내가 바킨 교장 선생님의 우편함에서 내 이름이 적힌 편지를 발견했을 때 꽤 놀랐어. 그래서 전기 주전자의 수증기를 이용해 감쪽같이 봉투를 열어보고, 네가 쓴 나의 자백을 발견했지."

"놀랍네." 마일즈는 자신도 모르게 말했어요.

"이게 내가 너한테 말하고 싶은 거야, 마일즈! 절대 떠들지 말고 조용히 행동하면 의심을 피할 수 있어. 의심을 피하면 학교 전체의 내부 구조에 접근할 수 있게 돼. 난 굉장히 멋진 장난 계획을 실행할 수 있는 위치에 있다고." 순간 멈추고 덧붙였어요. "그리고 하찮은 장난도 막을 수 있지."

"'하찮은 장난'이라니, 무슨 소리야?"

"이건 프로다운 장난이 아니지."

"뭔 소리야? 당연히 훌륭한 장난이지!"

"아니. 이건 내가 계획한 장난을 그냥 일러바친 것뿐이야. 그건 장난이 아니라, 나쁜 행동이야. 그리고 이런 건 프로장난러의 서약 위반이라고."

"프로장난러 서약? 그런 건 들어본 적도 없어."

"당연히 못 들어봤겠지," 나일즈가 말했어요. "하지만 네가 '못 말리는 녀석 둘'에 가입하면…."

"아니! 절대 안 해. 난 네 바보 같은 비밀 조직엔 가입하지 않을 거라고. 그냥 네가 지어낸 가짜 서약을 따르라고? 난 원래부터 타고난 프로장난러야! 프로장난러의 피가 내 프로장난러 심장을 뛰게 하는 거지!"

나일즈는 한숨을 쉬었어요. "그럼, 장난 전쟁을 계속하자는 거야?"

"전쟁은 아직 끝나지 않았다고."

"알았어." 나일즈는 봉투를 들고 앞쪽으로 내밀었어요.

"이게 뭐야!"

마일즈는 봉투를 잡으려 했지만, 나일즈는 획-하고 뒤로 빼냈어요.

"당연히 내용도 바꿨어. 봐."

존경하는 바킨 교장 선생님.

자수합니다. 저 마일즈가 학교 첫날에 교장 선생님 차를 계단 꼭대기에 세워놨어요.

죄송해요. 저도 왜 그랬는지 모르겠어요. 아마 교장 선생님께서

엄하게 벌을 주실 거라는 것 잘 알고 있습니다.

맞아요. 저도 그럴만하다고 생각하고, 달게 받겠습니다.

존경합니다, 교장 선생님.

— 진심으로, 마일즈가

"이건 장난 전쟁에서 유용하게 쓰일 수 있을 거야," 나일즈가 말했어요. "네가 직접 손글씨로 쓴 자백이니까."

"이건 내 손글씨가 아니야!" 마일즈는 말했어요. 실제로 마일즈는 필체를 감추기 위해 매우 신경 썼어요. 눈을 감고 썼으니까요.

"그 글씨가 내 글씨보다 더 네 것 같아."

"그걸 어떻게 알아?" 마일즈가 물었어요.

"네가 작성한 세 번째 설문 조사 덕분이지." 나일즈가 말했어요. 그리고 다른 종이를 꺼냈어요.

학교에서 첫 3주간의 경험을 문학, 역사, 혹은 영화/TV 프로그램의 비교를
사용하여 필기체로 간단한 에세이를 작성하세요.

가서 달걀이나 처먹어, 나일즈!

진심으로, 마일즈

눈앞에 있는 증거를 보면서, 마일즈는 자백 편지의 필체가 자신의 것보
다 조금 더 지저분한 버전처럼 보인다는 것을 인정할 수밖에 없었어요.

"게다가 나는 파란색 빅 벨로시티 1.6mm 볼펜을 쓰지 않아." 나일즈가
말했어요. "하지만 너는 쓰지. 사실 과학 시간에 내가 너의 펜을 빌렸던
걸 기억할지도 모르겠네. 그걸로 'ㄴ'을 'ㅁ'으로 바꿨지."

마일즈는 나일즈가 장난 계획에 재능이 있다는 것을 인정할 수밖에 없
었어요.

나일즈는 자백 편지를 다시 봉투에 넣고, 입구를 침으로 다시 붙였어
요. "이건 내가 가지고 있을 거야" 그가 말했어요. "혹시라도 바킨 교장 선
생님의 우편함에 다시 넣어야 할 때를 대비해서 말이야."

마일즈는 나일즈에게 최고의 비웃음을 날렸어요. "그건 고자질하는

거 아니야?" 그가 물었어요. "프로장난러 서약을 위반하는 거 아니냐고!"

나일즈는 미소 지었어요. "네가 바킨 교장 선생님의 차를 계단 꼭대기에 올려놓는 방법을 알아냈다면 그게 고자질이었겠지." 그가 말했어요. "하지만 너는 그 훌륭하고 대담한 장난을 생각해 내지 못했잖아." 그가 가까이 다가갔어요. **"난 해냈거든."**

나일즈는 돌아서서 걸어갔어요. 오 코치님과 박 코치님은 여태 호루라기를 불고 있었고, 그때 마침 종이 울렸어요.

585번째 사실

젖소는 하루에 54kg 정도
침을 만들 수 있어요.
이건 엄청나게 많은 티스푼을 필요로 하죠.

586번째 사실

젖소는 계단을 올라갈 수 있지만,
관절 구조 때문에 내려오지 못해요.
저희 할머니가 하시는 변명이랑 똑같죠!
(물론 저희 할머니는 계단을 위아래로
다 못 가시기는 해요.)

587번째 사실

젖소는 사회적 동물이라서 큰 무리를
이루는 걸 좋아하지만, 때때로 특정
젖소들을 피하기도 해요. 맞아요, 인기가
많은 젖소도 있고 없는 젖소도 있어요.

완전!

산디 선생님은 긴 치마에 빨간 운동화를 신고 교실 앞에 서 있었어요.

"누가 첫 번째로 리포트를 발표하고 싶은가요?" 그녀가 물었어요.

나일즈 스파크스는 손을 들고 팔을 거의 완벽한 직각으로 유지하고, 있었어요. 마일즈가 예상한 대로였어요.

산디 선생님은 다른 학생이 손들 때까지 잠깐 기다렸어요.

아무도 손을 들지 않았어요. 그것도 마일즈가 예상한 대로였어요.

"좋아요, 나일즈, 앞으로 나와요."

나일즈는 팔 아래에 검은색 신발 상자를 끼고 교실 앞까지 걸어갔어요. 모든 것이 계획대로였어요.

위조된 자백 편지 사건 이후, 마일즈 머피는 마지못해 한 가지를 인정했어요. 나일즈를 이기려면 계획을 더 꼼꼼히 잘 세워야 한다는 사실이었어요.

서체, 펜의 종류, 학교 도우미의 우편물 분류 역할. 이런 정보들을 마일즈는 알아채지 못했어요. 마일즈는 인정했어요. 맞아요. 마일즈는 나일즈 스파크스에게서 배울 점이 있었어요.(이걸 인정하는 건 조금 마음이 불편했어요.) 그래서 마일즈는 새로운 전술을 받아들였어요. 그는 더 경계심을 갖고, 더 인내심을 가지며, 무엇보다 더 준비된 상태가 되어야만 했어요.

나일즈가 체육 시간에 마일즈를 만난 지 몇 주 후, 마일즈는 다음 장난을 준비하기 시작했어요.

계획은 산디 선생님의 사회 수업에서 시작되었어요. 그녀는 고대 문명에 대한 한쪽 분량의 발표 보고서를 숙제로 내주었어요.

나일즈는 채점 기준표를 빠르게 훑어본 뒤 손을 들었어요.

"산디 선생님, 저희가 발표를 더 잘하기 위해서 시각 자료를 사용해도 될까요?"

"물론이지, 나일즈. 하지만 그런다고 추가 점수를 주지는 않을 거다."

"그럼 저희가 단순히 학습을 더 보충하기 위해 시각 자료를 사용하는 건요?"

"그건 괜찮다."

"좋았어!" 나일즈가 크게 속삭였어요.

"내가 맞혀볼게" 홀리가 말했어요. "아마, 디오라마겠지."

나일즈는 아무 말도 하지 않았지만, 이미 채점 기준표 뒤에 직사각형을 그리고 있었어요.

점심시간. 마일즈는 홀리에게 정보를 얻었어요.

"나일즈는 모든 걸 디오라마로 만들어. 작년에만 9개를 만들었어. 영어시간에 우리는 독후감을 써야 했는데, 파리 대왕 디오라마를 만들더라고. 진짜 이끼로 된 정글이랑 작은 붉은 눈이 반짝이는 전등을 단 멧돼지 머리까지 있었어. 수학 시간에는 입체 도형 단원을 했는데, 나일즈는 데카르트의 개인 도서관을 재현한 직육면체 디오라마를 가져왔어. 과학 시간에는 지진 디오라마를 만들어야 했는데, 나일즈는 단층을 재현한 디오라마와 원본 디오라마 제작 과정을 담은 디오라마를 추가로 만들었어."

"걔는 진짜 디오라마 좋아하네." 마일즈가 말했어요.

"네 생각도 그렇지?" 홀리가 말했어요.

"그런데, 홀리?" 마일즈가 말했어요. 마음에 걸리는 게 하나 있었거든요. "너 터틀넥 잘 어울리는 사람 본 적 있어?"

"터틀넥? 당연히 있지. 스티브 맥퀸, 리처드 라운트리…."

"그 사람들이 누군데?"

"옛날 영화배우들이야." 홀리가 한숨을 쉬었어요. "과일 젤리나 줄래?"

마일즈는 과일 젤리를 좋아했지만, 홀리가 오늘은 그걸 받을 자격이 있었어요. 적어도 반은 줄 수 있을 것 같았어요. 그건 아주 중요한 정보였거든요.

"어이, 홀리! 안녕, 님버스." 조시 바킨이 테이블로 다가왔어요.

"그래, 안녕. 조시." 홀리가 말했어요.

조시는 의자를 빼서 앉았어요. "홀리, 얘기 좀 하자." 그는 선생님들에게서나 볼 수 있는 아재 미소를 홀리에게 지었어요. "겨울 방학이 다가오면서, 우리는 모두 정치적인 미래를 생각하고 있잖아? 내가 너에게 기회를 주고 싶어서 그러는데, 방학 끝난 뒤에 너 반장 선거에 나올 거냐?"

"응, 나갈 거야."

"음, 홀리야. 난 너의 낙관적인 태도를 존중하거든. 하지만 지난 2년 동안 떨어졌던 걸 생각하면, 안타까워. 그러니까 너에게 부반장이 될 기회를 줄 게."

"우리 반에는 부반장 제도가 없거든, 조시."

"그거야 뭐, 내가 아빠한테 얘기해서 만들어 줄 수도 있어."

"아니, 난 반장 선거에 꼭 나갈 거야, 조시."

"하아, 안타깝네." 조시는 미간을 찡그렸어요. "그리고 물론 내가 여자를 때리진 않겠지만, 네가 반장 선거에 나오면, 네 친구 님버스는 때릴 거다."

홀리는 어깨를 으쓱했어요. "뭐, 그러시던지"

마일즈는 홀리에게 이건 그냥 전술이지?그렇지? 하는 표정을 지었어요.

홀리는 아무런 표정도 하지 않았어요.

조시는 일어나 아무도 보고 있지 않은 걸 확인한 후, 의자를 걷어찼어요. "너희 둘 다 님버스야."

"고맙네, 친구~." 조시가 떠난 뒤에 마일즈가 말했어요.

"어차피 그 애는 널 노리고 있어." 홀리가 말했어요. "이제 넌 정치적 영웅이 된 거야."

그녀 말이 맞았어요.

"저항군에 오신 걸 환영해." 홀리가 말했어요. "과일 젤리 먹어."

마일즈는 과일 젤리가 자기 거라는 사실을 홀리에게 알려주고 싶었지만, 그녀가 이미 알고 있다고 생각했어요.

리포트 제출 마감일은 2주 뒤였어요. 마일즈의 장난 계획 노트는 지금까지 그 어느 때보다도 다이어그램, 개요, 그리고 질문으로 가득했어요.

금요일이 되자, 장난 계획이 완성되었어요.

1단계 : 조사. 체육 시간에 옷을 갈아입으면서, 마일즈는 나일즈의 신

발을 몰래 들여다봤어요. '반
짝이는 검은색 구두: 사이
즈7.' 메모해 뒀어요.

반짝이는 검은색 윙팁:
➡ 사이즈: ⑦

2단계: 기초 작업. 2단계는
마일즈 엄마가 학교에서 마일즈를
데리러 오자마자 시작됐어요.

"엄마, 나 학교에서 신을 새 신발이 필요해." 마일즈
가 말했어요.

"너 얼마 전에 새 신발 샀잖아?" 마일즈 엄마, 주디 머피가 말했어요.

"아니, 그런 신발 말고. 멋진 신발."

"그것도 멋진 신발이야."

"맞아요, 멋진 신발."

"그것도 멋진 신발인데."

"진짜 멋진 신발."

"그래, 그것도 진짜 멋진 신발이야."

엄마에게 통하지 않고 있었어요. 그럼 전술을 바꿔서.

"엄마, 그냥…. 됐어."

"뭐?"

"아뇨, 말하고 싶지 않아요."

"아냐, 마일즈, 그냥 말해도 돼."

"음, 그냥 애들이 그 신발을 놀리더라고요."

"뭐? 놀려? 누가 널 괴롭히니?"

"아니, 그런 건 아니에요."

"학교에서 왕따당하는 거야? 방금 왕따에 관한 한 시간짜리 프로그램을 봤는데."

"아니, 아니야. 그냥."

"누가 괴롭힌다고 해서 자신을 바꾸는 일은 없어야 해. 날 봐, 마일즈. 절대 자신을 바꾸지 마. 신발도. 만약 네가 원하면 내가 바킨 교장 선생님한테 가서 접근 금지 구역을 설정하자고 할 수 있어."

모든 게 잘못되고 있었어요.

"엄마! 나 왕따 아니라니까요. 그게 내가 새 신발을 사고 싶은 진짜 이유도 아니에요."

정신 줄 놓지 마, 마일즈.

"내가 새 신발을 사고 싶은 진짜 이유는…. 내가 이제 더 이상 대충 입지 말아야 할 것 같아서예요. 학교 쇼핑할 때 엄마가 말했잖아요. 가끔은 요즘 애들답게 옷을 입는 것도 나쁘지 않을 것 같다고 말이에요."

오후 4시 22분. 마일즈는 나일즈와 똑같은 검은색 구두를 갖게 되었어요. 마일즈는 그 옷을 싫어했어요. 하지만 상자에 대해서는 매우 흥미롭게 생각했어요.

3단계: 공사 시작. 아침에, 엄마 차가 주차장을 나가자마자 마일즈는 셔츠를 풀고 운동화로 갈아 신었어요. 방과 후, 마일즈는 옷을 단정히 하고 다시 구두를 신었어요. 그리고 매일 밤, 그는 자신의 디오라마를 작업

했어요.

가장 먼저 해야 할 일: 화이트와 영구 마커로 구두 사이즈 숫자를 간단히 고쳤어요. 마일즈는 9사이즈를 신었어요. 나머지 디오라마 작업은 훨씬 더 오래 걸렸어요. 마일즈는 한 주 내내 자르고, 붙이고, 조각하며 주말까지 내내 작업했어요. 그리고 늦은 일요일 밤, 마침내 완성했어요.

마일즈는 자신이 만든 걸 감상할 만큼 여유가 없었어요. 자정이 훨씬 지나, 그는 이집트 파라오에 대한 보고서를 한 장 급히 작성하고 잠자리에 들었어요.

월요일 아침, 나일즈는 산디 선생님의 교실로 들어오며 겉보기에는 마일즈의 가방 안에 있는 것과 똑같아 보이는 검은 신발 상자를 들고 있었어요. 나일즈는 자리에 앉아 상자를 조심스럽게 의자 아래에 놓았어요.

마일즈는 속으로는 긴장하고 땀에 젖고 있었지만, 겉으로는 평범하고 지루해 보였어요, 마치 신발 상자처럼.

종이 울렸어요. 평소랑 똑같이 울렸어요.

산디 선생님이 출석을 불렀어요. 평소랑 똑같이 불렀어요.

나일즈는 출석부를 들고 교실 문밖에 걸었어요, 평소랑 똑같이.

그리고 그때, 마일즈는 펜을 떨어뜨리고 한 번의 매끄러운 동작으로 몸을 숙여 두 상자를 바꾸고 다시 그의 파란색 빅 벨로시티 1.6mm 볼펜을 집어 들었어요.

나일즈는 자신의 자리로 돌아갔어요. 그는 아무것도 눈치채지 못했어요.

마일즈는 보고서를 내려다보며 상상되는 난장판을 떠올리며 미소를 지었어요.

왜냐하면, 나일즈는 바빌론의 공중 정원을 재현한 디오라마를 만들었고,

그리고 마일즈는 그걸 바킨 교장 선생님이 거품 목욕을 하는 디오라마로 바꿔치기 했거든요.

산디 선생님은 긴 치마에 빨간 운동화를 신고 교실 앞에 서 있었어요. "누가 첫 번째로 자기 리포트를 발표하고 싶은가요?" 선생님이 물었어요.

나일즈 스파크스는 손을 들고 팔을 거의 완벽한 직각으로 유지했어요. 마일즈가 예상한 대로였어요.

산디 선생님은 다른 학생들이 손을 들 때까지 잠시 기다렸어요.

아무도 손을 들지 않았어요. 마일즈가 예상한 대로였어요.

"좋아요, 나일즈, 앞으로 나와요."

나일즈는 팔 아래에 검은 신발 상자를 끼고 교실 앞까지 걸어갔어요.

그는 신발 상자를 산디 선생님의 책상 위에 놓았어요. 상자는 여전히 덮여 있었어요. 나일즈는 많은 사람들 앞에서 무엇이든 공개하는 것을 좋아했어요.

"저는 오늘 여러분에게 세상에서 가장 아름다운 풍경 중 하나를 보여 드리러 왔습니다." 나일즈가 말했어요.

마일즈는 파일로 입을 가렸어요.

"오늘까지 역사의 안개에 가려져 있던 풍경을 여러분에게 공개해 드리겠습니다."

이건 거의 완벽했어요.

"준비하세요. 우리는 여러분을 깜짝 놀라게 할 비밀의 장소로 여행을 떠날 것입니다."

나일즈는 신발 상자의 뚜껑을 향해 손을 뻗었어요.

"보세요!"

나일즈 스파크스는 신발 상자의 뚜껑을 멋지게 벗겨냈고, 멋진 디오라마를 공개했어요.

"그래, 인정할게, 꽤 멋진 디오라마야." 홀리가 말했어요.

"고대 학자들은 이 놀라운 고대 세계 7대 불가사의를 네부카드네자르 2세 왕의 업적으로 돌리고 있지만, 일부 역사가들은 바빌론의 공중 정원이 사실 바빌론에 있지 않고, 아시리아 왕 센나케립의 소유였다고 믿고 있습니다." 나일즈는 계속했어요.

불가능한 일이었어요.

이건 정말 말도 안 되는 거였죠.

마일즈는 나일즈의 상자를 바꿔치기 했어요. 그렇죠? 했죠? 맞죠?

그런데 다시 확인해 봐야 할까요? 확인했어야 할까요?

왜냐하면, 만약 나일즈가 여전히 바빌론 디오라마를 가지고 있다면, 내 가방 안에는 뭐가 있지?

마일즈는 책상 아래로 몸을 숨겼어요.

그리고 신발 상자를 살짝 열어보았어요.

상자를 열자마자, 교실로 귀뚜라미 2000마리가 뛰쳐나왔어요.

이야기 스물둘

"귀뚜라미라고?" 바킨 교장 선생님은 책상 위로 몸을 내밀어, 그 보라색 얼굴이 마일즈의 몸에 너무 가까이 다가와 있었어요.

"귀뚜라미라고 했냐?"

"네." 마일즈 옆에 앉아 있던 산디 선생님이 대답했어요. "귀뚜라미요."

"산디 선생님, 나는 마일즈에게 물었어요." 바킨 교장 선생님은 여전히 위협적으로 다가섰어요.

"귀뚜라미, 맞아?"

"네," 마일즈가 대답했어요. "귀뚜라미 맞아요…."

"마일즈 머피, 이게 네가 생각하는 장난 계획이냐?" 바킨 교장 선생님의 코가 찡그려지고, 그의 혀는 두 앞니 사이에 걸쳐있었어요.

"아니요, 교장 선생님."

신발 상자에서 뛰쳐 나온 2000마리 귀뚜라미들. 여학생들이 비명을 지르고, 남학생들도 비명을 질렀어요. 조시 바킨은 지진 훈련이라도 하듯이 책상 아래로 몸을 숨겼어요. 스튜어트는 의자 위에 올라서서 나뭇잎을 들고 외쳤어요.

"괜찮아, 모두들! 나한테 좋은 생각이 있어!"

귀뚜라미들이 얼굴 위로, 머리카락 속으로 뛰어들었어요. 귀뚜라미들이 벽을 튕겨나갔어요. 스튜어트는 그 나뭇잎을 휘두르며 외쳤어요. (대체 그 나뭇잎은 어디서 난 걸까?)

"이게 귀뚜라미 먹이야!"

피부 위로 귀뚜라미들이 기어다니는 느낌. 귀뚜라미들의 떼창하는 소리, 마치 사거리를 돌며 미끄러지는 자동차 타이어 소리 같았어요.

정말 대단한 장난이었어요. 하지만, 안타깝게도 마일즈의 아이디어는 아니었어요.

"그렇다면, 마일즈 머피, 왜 산디 선생님의 교실에 귀뚜라미 떼를 풀어놓은 거지?"

"실수였어요." 마일즈가 말했어요.

"실수라고?"

바킨 교장 선생님은 문제아를 코너로 몰아세우는 표정을 지었어요.

"그런데, 마일즈 머피. 실수라면서 왜 네 가방 안에 수천 마리 귀뚜라미가 있었던 거지?"

마일즈는 자신이 궁지에 몰렸음을 깨달았어요. 귀뚜라미들이 상자에서 쏟아져 나왔을 때, 마일즈는 이 질문에 답해야 할 것을 알고 있었어요. 하지만 아직 대답을 준비하지 못했어요. 진실을 말할까? 절대 안 되는 일이죠! 바킨 교장 선생님은 절대로 자기 학교 도우미가 이런 일을 벌일수 있다고 믿지 않을 테니까요. 나일즈 말이 맞았어요. 그는 절대 의심받지 않아요. 게다가 진실을 밝히는 것은 고자질이니까요. 마일즈는 그렇게 치사하지는 않으니까요. 그리고 진실을 말하면, 바킨 교장 선생님이 거품 목욕하는 장면을 담은 디오라마를 만들었다는 사실도 말해야 하는

셈인데, 그건 정말 현명한 생각이 아니었어요. 마일즈는 막다른 골목에 몰렸어요. 이제 뭐라고 해야 할까? 왜 귀뚜라미들이 가방 안에 있었을까?

"시각 자료로 사용하려고 했어요." 마일즈가 말했어요. "발표를 더 실감 나게 잘하려고요…."

바킨 교장 선생님 동공이 한순간 흔들렸어요.

"뭐라고?"

"산디 선생님이 말씀하시기를, 추가 점수를 주지 않더라도 학습을 보충할 수 있는 시각 자료를 사용할 수 있다고 하셨거든요."

"그게 사실입니까, 산디 선생님?"

산디 선생님은 마일즈를 이상하게 쳐다보고 있었어요. "맞아요, 그렇게는 말했어요."

"그렇다면…." 바킨 교장 선생님의 얼굴이 복숭아처럼 부드러워졌다가 다시 가지처럼 어두워졌어요.

"하지만, 잠깐! 마일즈 머피. 이건 말도 안 돼! 시각 자료라면 디오라마 같은 것이어야지! 수천 마리 귀뚜라미 떼가 어떻게 학습을 보충할 수 있단 말이냐?"

"음, 제 발표는 이집트 파라오에 관한 것이었어요. 이 귀뚜라미들은 메뚜기 재앙을 나타내려고 한 거였죠. 아시다시피, 과학자들과 역사가들은 10가지 재앙의 이야기가 실제 자연재해에서 유래했을 가능성이 있다고 믿고 있어요."

"물론 그건 나도 알고 있다!" 바킨 교장 선생님이 말했어요. "그렇죠, 산디 선생님?"

"네." 산디 선생님은 여전히 마일즈를 바라보며 말했어요.

"그래서…." 마일즈가 말을 이었어요. "저는 메뚜기 떼가 어떤 모습일지 실감나게 보여주고 싶었어요. 그런데 귀뚜라미들이 그렇게 빠져나갈 줄은 몰랐죠."

마일즈는 가장 진지한 표정을 지으며 어깨를 으쓱했어요. "제 생각보다 더 잘 학습을 보충한 것 같아요."

바킨 교장 선생님은 코로 숨을 내쉬었어요. 그는 의자에 앉아 몸을 기대었어요.

"뭔가 이상한 냄새가 나."

"아마 귀뚜라미 냄새일 거예요." 마일즈가 말했어요. "귀뚜라미는 약간 땀 냄새같은 게 났어요."

"그런 뜻이 아니잖아!" 바킨 교장 선생님이 소리쳤어요. "뭔가 이상해. 바킨 가문은 촉이 아주 뛰어나거든. 뭔가 잘못된 게 느껴진다고 , 마일즈 머피. 이번이 너의 두 번째 경고다."

"두 번째라고요? 첫 번째는 뭐였죠?" 마일즈가 물었어요.

"첫 번째는 내 차를 계단 위에 세워놓은 거잖아! 어떻게 했는지는 아직도 모르겠지만 말이야."

"그건 정말 제가 안 했다니까요."

"네가 귀뚜라미를 풀어놓지 않았다고 말하는 거랑 똑같잖아! 안 했다고 하는 게 증거라고! 세 번째 경고는 네가 안했다고 주장할 또 다른 장난일 것이고, 그게 네가 '삼진 아웃'이라는 것을 의미해. 그것이 네가 그 장난을 저질렀다는 것과 그 이전의 장난들도 모두 사실이라는 의미가 돼. 그러니까 세 번째 경고는 이전의 경고를 뒷받침해 준다는 거지."

"바킨 교장 선생님." 산디 선생님이 말을 꺼냈어요.

"결론이 났으면, 마일즈는 이제 교실로 돌아가서 귀뚜라미들을 수습하는 게 좋을 것 같아요."

"아, 맞다, 물론 그래야지." 바킨 교장 선생님이 말했어요. "산디 선생님, 저 잠깐만 봬요. 상의드리고 싶은 게 있습니다."

마일즈는 일어섰어요. 정말 이게 끝일까? 아무 처벌도 없이 떠날 수 있는 걸까?

"왜 꾸물거리고 있어?" 바킨 교장 선생님은 소리쳤어요. "빨리 나가!"

나 일즈 스파크스는 바킨 교장 선생님 방의 문 반대편에서 기다리고 있었어요.

"너 참 대단한 녀석이야." 나일즈가 말했어요. "귀뚜라미 시각 자료 이야기는 정말 기발했어."

"어떻게 들었어?"

나일즈는 등 뒤에서 유리잔을 꺼냈어요.

"옛날식 도청 장치지." 그가 말했어요.

"이게 정말 효과가 있어?" 마일즈가 물었어요.

"한번 해 봐."

마일즈는 유리잔을 문에 대고 귀를 대보았어요.

"네, 하지만 수업을 취소하진 않았어요." 산디 선생님이 말했어요. "단지 귀뚜라미가 가득한 교실을 피해 운동장에서 발표를 계속했을 뿐이에요." "그래, 그래, 그건 이해해요." 바킨 교장 선생님이 말했어요. "그냥 우리 바킨 가문은 수업 방해 같은 것에도 민감하다는 걸 알아야 한다는 거예요. 난 아주 열린 마음으로 받아들이고 있어요. 내 아버지가 한낮에 학생들이 그 나무 아래에 모여 있는 걸 봤다면 달랐겠죠!"

마일즈는 유리잔을 돌려주었어요. "신기하네." 그는 실제로 얼마나 신기한지 표현하지 않으려고 애쓰며 말했어요.

둘은 복도를 따라 걸어갔어요.

"이번에는 정말로 멋진 장난을 생각해냈더군." 나일즈가 말했어요.

"정말 고맙다." 마일즈가 말했어요.

"진심이야."

"그런데 어떻게 내가 그걸 할 줄 알았어?"

나일즈가 멈췄어요.

"어떻게 내가 신발 상자를 바꿀 줄 안 거지?" 마일즈가 물었어요.

"지난주 내내 학교 오기 전에 주차장에서 구두를 갈아 신는 걸 봤거든." 나일즈가 말했어요. "너랑 똑같은 신발을 신고 있는 이유가 무엇일지 알아내는 건 어렵지 않았어. 네가 그 신발을 신지 않으려는 이유가 있었던 거겠지. 하지만 구두는 한 번 길들이면 발에 딱 맞아서…."

"근데 어떻게…"

"네가 신발 상자를 바꿀 때 귀뚜라미들을 가져갔지. 그때 내가 네가 주의를 안 기울일 때, 네 디오라마를 내 것으로 바꿨지. 넌 책상만 쳐다보면서 무슨 생각하고 있었던 거야? 내가 맞혀볼까. 바킨 교장 선생님 디오라마를 생각하고 있었던 거지?"

마일즈는 아무 말도 하지 않았어요.

"나도 배운 게 하나 있어." 나일즈가 말했어요. "장난은 끝나기 전까지는 축하하면 안 된다는 사실."

마일즈는 자신이 나일즈에게 화가 난 건지, 자기한테 화가 난 건지 알 수 없었어요. 어쨌든 나일즈 때문일 거예요.

"아주 좋아. 전문가의 조언이네, 박사님." 이건 대단한 반격은 아니었지만, 마일즈는 매우 화가 나 있었어요.

"마일즈, 이건 마술사가 자기 마술의 비밀을 공개하는 것과 같아. 나는 네가 임기응변에 뛰어난 재능을 존중하기 때문에, 이 모든 걸 말해주는 거야. 그래서 '못 말리는 녀석 둘'을 위대한…."

"아, 제발. 있잖아, 나일즈. 남의 계획을 무너뜨리는 건 쉬워. 하지만 무언가를 실제로 만드는 건 다른 문제라고."

"뭐?"

"내가 보기에는 이 장난 전쟁이 일방적인 것 같아. 내가 장난을 계획하고 너는 그것을 막는 것뿐이잖아. 그게 대단한 일이라고? 내가 왜 너랑 팀이 되어야 하는데? 네가 차를 계단 위에 주차한 것 말고 대단한 게 뭐 있어? 넌 지난 6주 동안 방어만 하고 있었잖아. 네가 그렇게 대단한 프로

장난러라면, 나한테 보여주라고."

"그래, 알았어." 나일즈가 얘기하고는 걸어갔어요.

마일즈는 귀뚜라미를 치우러 갔어요.

777번째 사실

소의 평균 무게는 약 630kg인데, 그 어떠한 소들도 그걸로 인해 불편해 하거나 이상하게 생각하지 않아요!

778번째 사실

연구에 따르면 클래식 음악을 들은 소가 우유를 더 많이 생산한다고 해요. 그러니 다음부터 소에게서 더 빨리 우유를 얻고 싶다면, 차이코프스키, 쇼팽, 또는 바흐 음악을 틀어봐요!

779번째 사실

소는 하루에 풀 45kg을 먹어요. 잔디 깎기가 필요하다면 소를 사용해 봐요!

장난 아님!

이야기 스물넷

마일즈 머피는 잠을 못 자고 있었어요. 밥도 잘 안 먹고, 주변 사람들은 요즘 마일즈의 얼굴이 조금 창백해 보인다고 했어요.

"너 요즘 얼굴에 혈색이 없어 보이는데." 홀리가 복도에서 마일즈를 보며 말했어요. "괜찮아?"

마일즈 머피는 괜찮지 않았어요. 지난 두 달 동안, 그는 오지 않은 공격을 기다리느라 지쳐 있었어요. 겨울 방학도 제대로 즐기지 못했어요. 나일즈가 쇼핑몰에서, 그의 집에서, 아니면 조시 바킨을 피해 우체통 뒤에 숨어 있을 때 장난을 칠까 봐 걱정했어요.

이제 다시 개학을 하니 안전한 곳은 없었어요. 학교가 개학한 지 3주가 되었지만 나일즈는 여전히 그에게 장난을 치지 않았어요. 아마도 마일즈의 끊임없는 경계 덕분이었을 것이었을 거예요. 일종의 승리였지만 그닥 기분이 좋지는 않았어요.

홀리는 주저 없이 복도를 걸었어요. 코너를 돌고, 아이들에게 손을 흔들고, 선생님들에게 미소 짓고, 지나가는 사물함을 두드렸어요. 그녀는 에너지와 카리스마가 넘쳤어요.

반면에 마일즈는 홀리의 한두 걸음 뒤를 따라야 했어요. 마일즈 머피는 데프콘5 상태였어요. (데프콘은 방어준비태세 등급을 뜻해요.) 아니, 데프콘1. 가장 경계하고 긴장해야 하는 상태. (그건 데프콘1이었어요. 사회 시간에 산디 선생님이 지난 화요일에 말했던 사실이었어요. 하지만 최근 마일즈는 수업에 집중하지 못했어요. 그의 온 정신은 데프콘1 수준의 경계 태세에 사로잡혀 있었어요.)

홀리가 벽에 붙은 표지판을 가리켰어요.

벽의 나머지 부분은 조시 바킨과 그 아버지의 커다란 흑백 사진으로
채워져 있었어요. 그 포스터는 크레이프지로 꾸며져 있었고, 조시의 머
리 위에는 슬로건이 적혀 있었어요.

조시 바킨

현재 학급 회장.
미래에도 학급 회장.
언젠가 될 당신의 교장.
4월 1일에 꼭
투표하세요!
(나한테)

"저 색종이 띠들, 분명히 미술실에서 훔쳐 왔을 거야." 홀리가 말했어요. "그리고 좋은 자리를 차지했네, 정수기 옆이라니. 나는 교사용 화장실 옆에 붙여야 했어."

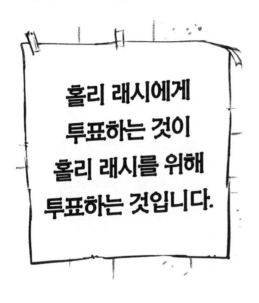

홀리 래시에게
투표하는 것이
홀리 래시를 위해
투표하는 것입니다.

그녀는 복도 아래에 있는 또 다른 포스터를 가리켰어요.

그녀는 어깨를 으쓱했어요. "누군가 하나는 권력에 맞서 싸워야 하지 않겠어?"

그들은 복도를 따라 계속 걸었어요.

"좋은 아침, 앨리스." 홀리가 앨리스에게 말했어요.

"안녕, 스코티." 홀리가 스코티라는 아이에게 말했어요.

그들은 코너를 돌았고, 그가 거기 있었어요.

"안녕, 나일즈."

"안녕, 홀리! 안녕, 마일즈!"

마일즈는 시선을 돌려야 했지만 나일즈는 마일즈의 눈을 잡아채며 미소를 지었어요. 이미 몇 주 동안 과일만 먹은 마일즈의 예민한 위가 꾸르륵거리고 뒤틀렸어요. 나일즈의 미소는 그저 평범한 미소였어요. 순수하고 밝은, 나일즈의 모범생 가면처럼 평범한 미소. 하지만 뭔가 더 있었어요. 나일즈의 눈가에 무언가 있었어요. 장난 느낌, 장난 기운, 위험.

몇 주 동안, 나일즈의 그 미소는 마일즈에게 두려움과 분노, 메스꺼움을 불러일으켰어요. 수업 중간에 나일즈는 마일즈를 돌아보며 미소를 지었어요. 방과 후, 마일즈가 주차장을 건너갈 때 나일즈는 손을 흔들며 미소를 지었어요. 밤에는 나일즈의 미소가 마일즈의 꿈에 나타났어요. (꿈 속에서 나일즈의 머리는 거친 금발 털로 덮여 있었고, 작은 빨간 눈이 반짝였으며, 꿈의 배경은 슈퍼마켓의 유제품 코너였어요. 진짜 이상했어요). 나일즈는 어디에서나 똑같은 미소를 짓고 있었어요.

나일즈는 마일즈가 똑같은 미소를 싫어한다는 것을 알고 있었고, 마일즈도 나일즈가 그걸 안다는 걸 알고 있었어요. 그리고 나일즈도 마일즈가 그걸 안다는 걸 알고 있었어요. 이 모든 지식이 미소 속에 다시 잡혀 들어갔어요. 그 미소는 예고였어요. 그 미소는 장난이 다가오고 있다는 신호였어요. 때때로, 늦은 밤에 마일즈는 그 미소 자체가 장난이라고 생각했어요. 하지만 아침에 창문을 통해 햇살이 들어오면, 마일즈는 그게 그렇게 간단할 리 없다는 사실을 알았어요.

리와 마일즈는 마일즈의 새 사물함, 336번

앞에 멈춰 섰어요. 스튜어트는 그 아래 있는 마일즈의 옛 사물함 337번의 비밀번호를 입력하고 있었어요.

"어이." 홀리가 말했어요. "언제 위층 사물함을 얻었어?"

"우리 서로 바꿨어." 스튜어트가 말했어요.

"왜? 누가 그렇게 사물함을…."

스튜어트가 몸을 웅크리고 있을 때, 마일즈는 조용히 목을 그으며 홀리의 말을 끊었어요.

"나도 알아!" 스튜어트가 말했어요. "누가 위층 사물함을 원하겠어?"

홀리는 눈썹을 치켜세웠어요. 모두가 위층 사물함을 원했어요. 마일즈도 사실 위층 사물함을 원했어요. 그리고 지난 한 달 동안 거의 유일하게 기분 좋았던 순간은 그가 스튜어트를 속여 위층 사물함을 얻은 것이었어요.

이건 완전한 '톰 소여 작전'이었어요. 어느 화요일 점심시간 전, 마일즈는 사물함 앞에 무릎을 꿇고 주머니에서 동전을 꺼냈어요.

"어, 이거 봐." 마일즈가 말했어요. "25센트짜리 동전이네."

"뭐?" 스튜어트가 말했어요. "25센트를 그냥 주운 거야?"

"응. 오, 이거 봐. 게다가 이건 200주년 기념주화야."

마일즈는 동전을 들어 스튜어트에게 뒷면에 있는 드럼 치는 사람을 보여줬어요.

"우와! 그런 기념주화는 보통 25센트보다 더 비싸지 않아?"

"응, 그렇지." 마일즈가 말했어요. "아마 못해도 2달러 정도는 할 걸."

스튜어트는 25센트를 보고 숨을 들이마셨어요.

"난 이런 걸 바닥에서 자주 발견해." 마일즈가 말했어요. "사람들이 자꾸 뭘 떨어뜨리거든. 그래서 난 아래층 사물함을 좋아해."

"뭐? 그게 그런 이유란 말이야?"

"음, 그리고 이렇게 하면 책을 사물함에 올릴 필요도 없잖아. 아플 수도 있거든. 팔뚝이 찌릿찌릿할 때 말이야."

"내 팔뚝도 아팠어!" 스튜어트가 말했어요. "그게 안 좋은 거야?"

"아마도. 근육염증이나 손목터널증후군일 수도 있어."

"오우~, 맙소사!"

"그런데 넌, 아마 손목터널증후군은 아닐 거야." 마일즈는 25센트를 주머니에 넣었어요. "하지만 모르는 일이잖아?"

스튜어트는 조금 긴장한 표정이었어요. 이제 마무리할 시간이었어요.

"그리고 아래층 사물함은 점심을 시원하게 보관해 줘. 알잖아, 열은 위로 올라가니까."

"나도 아래층 사물함을 쓰고 싶어."

"잠깐만, 스튜어트. 내가 너랑 바꿀 생각은 없어."

"제발 나랑 바꿔 줘!"

"안 돼. 이건 공평한 거래가 아니야. 난 내 아래층 사물함이 좋아."

"제발~."

"음…." 마일즈가 말을 시작했어요. "그럼 조건이 있어."

"뭔데"

"네 과일을 일주일 동안 나한테 준다면 모를까…."

"일주일? 한 달은 어때?"

그렇게 마일즈는 위층 사물함을 얻었어요. 그는 스튜어트가 떠나자마자 이 얘기를 홀리에게 들려줄 생각에 기대에 차 있었어요. 하지만 스튜어트는 비밀번호를 맞추는 데 어려움을 겪고 있었어요.

"음, 마일즈." 스튜어트가 말했어요. "마지막 번호가 뭐였지?"

"13이야."

"오, 맞다!" 스튜어트는 다이얼을 왼쪽으로 돌렸어요. 철제 사물함 문이 열렸어요.

"이런 건 기억이 잘 안 나!" 스튜어트가 말했어요.

그 때 였어요. 스프링 소리와 뭔가 슝~하고 바람을 가르는 소리와 함께 스튜어트의 얼굴에 파이 접시가 날아왔어요.

그리고 스튜어트가 사물함에서 본 것은 이거였어요:

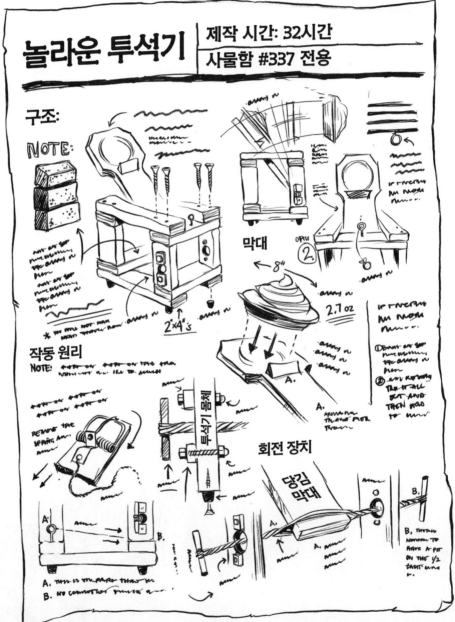

"이게 뭐야, 뭐야, 뭐야!" 스튜어트는 얼굴에서 알루미늄 파이 틀을 떼며 휘핑크림을 닦기 시작했어요. "완전 미쳤어!"

마일즈는 몸을 숙여 스튜어트의 사물함 안을 들여다봤어요. 그 투석기는 정말 인상적이었어요. 완전 대박이었어요. 고전 스타일의 투석기와 혁신적인 파이 배달 시스템의 융합이었어요. 이건 나일즈 스파크스만 생각해 낼 수 있는 장치였어요. 하지만 문제가 하나 있었죠: 그건 나일즈 스파크스가 사물함을 잘못 알았다는 사실이에요.

"하하!" 마일즈가 웃었어요. (그는 실제로 "하하!"라고 말했어요.) "나일즈가 우리가 사물함을 바꾼 걸 몰랐어!"

나일즈는 정말 사물함을 바꾼 사실을 몰랐어요. 그는 너무 바빠서 계획을 세우고 기계 조립을 하느라 중요한 디테일을 놓친 거죠. 이 시점에서 나일즈 스파크스에게 적용할 조그만 장난 규칙이 하나 있어요: 중요한 디테일을 놓치지 말 것! 장난 계획이 계속 실패한 뒤에, 드디어 마일즈가 장애물이 되었어요! 마일즈는 나일즈를 방해했어요. 나일즈가 마일즈를 방해했던 것처럼 말이에요! 음, 사실 기술적으로는 우연한 이득이었어요. 정확히 말하면 계획적인 방해는 아니었죠. 하지만 방해는 엄연히 방해죠!

스튜어트는 왼쪽 눈썹 위에 붙어 있던 마라스키노 체리를 떼어 입에 넣었어요. "맛있어! 셜리 템플 같아!"

마일즈는 스튜어트에게 약간의 동정심을 느꼈어요. 장난 전쟁의 부수적인 피해자였지만, 그는 체리를 즐기는 것 같았어요.

한바탕 소동은 사람들을 끌어모았고, 그 사람들은 바킨 교장 선생님을 불러왔어요.

"무슨 일이야? 좀 비켜봐!" 바킨 교장 선생님이 소리쳤어요. 그는 사람들을 헤집고 상황을 살폈어요.

스튜어트: 크림 범벅.

마일즈: 근처에 있음.

바킨 교장 선생님 자신: 사건 해결 중.

"스튜어트." 바킨 교장 선생님이 말했어요. "너 휘핑크림으로 뒤덮였구나."

"네, 저도 알아요. 제 사물함 안에 파이 날리는 기계가 있었거든요!"

"뭐? 정말 그런 게 있어?" 바킨 교장 선생님 얼굴이 또 보라색이 되기 시작하며 물었어요. 그는 스튜어트의 사물함 안을 들여다보았어요.

"오, 오, 대박!" 교장이 혼잣말로 중얼거렸어요. "투석기라니."

교장 선생님은 자기 손가방에서 라텍스 장갑을 꺼냈어요.

"그럼, 단서를 한번 찾아볼까?"

마일즈는 바킨 교장 선생님이 무엇을 발견할지 이미 알고 있었어요. 아무것도 못 찾을 거예요. 나일즈는 한 번 실수는 할 수 있어도, 두 번 다시 실수하지 않을 거거든요.

"아무것도 없군." 바킨 교장 선생님이 조심스럽게 이것저것 찔러보며 말했어요. "하지만 조사는 계속될 거다!"

마일즈는 바킨 교장 선생님이 자신을 똑바로 쳐다보고 있지 않은 척했어요.

바킨 교장 선생님은 계속 그를 똑바로 쳐다보고 있었어요.

그러고는 종이 울렸어요.

바킨 교장 선생님은 보라색 얼굴로 갑자기 경직되었어요. "모두 교실로 가! 저 종은 너희가 늦었다는 뜻이야! 내가 한꺼번에 62명의 학생에게 벌을 주는 걸 망설일 거라고 생각하지 마! 나는 그 분야 세계 기록을 세울 기회를 환영할 거다!"

사람들이 흩어지자, 마일즈는 나일즈가 그 상황을 보고 있는 것을 스치듯 보았어요. 나일즈는 길을 잃은 듯했어요. 낙담한 듯했어요. 방해받은 듯했어요.

그리고 3주 만에 처음으로, 마일즈가 웃고 있었어요. 그는 나일즈를 향해 미소를 지었어요. 그리고 윗층 사물함으로 가서 수학책을 꺼냈어요. 아마 오늘 점심은 '기쁨의 피자'를 먹을지도 몰라요.

151

그는 사물함 문을 열었어요.

"와, 저 체리 좀 봐!"

스튜어트가 말했어요. "네 사물함이 셜리 템플 공장이야!"

마일즈는 바킨 교장 선생님이 여전히 자신을 똑바로 쳐다보고 있지 않기를 바랐어요.

역시 그는 그러고 있었어요.

"제가 안 그랬어요!" 마일즈가 말했어요.

"삼진 아웃!" 바킨 교장 선생님이 소리쳤어요.

바킨 교장 선생님은 한결 편안해져 있었

어요. 그는 의자에 기대앉아 있었고, 얼굴은 보라색도 아니고 짙은 빨간색도 아닌, 평범한 얼굴 색이었어요. 마일즈는 이를 매우 나쁜 징조로 받아들였어요.

"저는 함정에 빠진 것 같아요." 마일즈가 말했어요.

"넌 함정에 빠진 게 맞다." 바킨 교장 선생님이 말했어요. "그런데, 마일즈 머피, 누가 너를 함정에 빠뜨렸다고 생각하는 거냐?"

마일즈는 고자질할 수 없었어요. "많은 사람들이요."

"'많은 사람들.' 마일즈 머피, 나는 많은 사람들이 너를 싫어한다는 걸 알고 있었다. 하지만 그건 네가 엄청난 말썽꾸러기이기 때문이지. 그리고 너는 또 장난을 친 거다."

"저는 안 했어요!" 마일즈가 외쳤어요.

"그럼 이 증거를 어떻게 설명할 건가?"

"우연의 일치요?"

"그래, 물론이야. 우연의 일치! 네 사물함에 휘핑크림과 체리가 가득 있었고, 동시에 스튜어트도 휘핑크림과 체리로 얼굴이 뒤덮였지. 정말 큰 우연이야! 그리고 스튜어트의 사물함은 화요일까지만 해도 너 마일즈 사물함이었고, 너는 그 번호를 알고 있었다. 그러니까, 이건 두 가지나 우연이 일치되어야 하는 거라고!"

"마일즈 머피, 이 모든 우연을 종합해 보면, 내 생각엔 네가 빨리 복권을 사러 가는 게 좋을 것 같다. 딱 한 가지를 빼고 말이야. 오늘은 네가 아주 운 없는 날이니까."

마일즈는 몸을 축 늘어뜨렸어요.

"또 네가 복권을 사러 가는 걸 추천하지 않는 이유가 하나 더 있다." 바킨 교장 선생님은 계속 얘기했어요. "미성년자가 복권을 사는 건 불법이니까. 그래서 나는 절대 추천하지 않지. 물론 법이 너, 마일즈 머피를 막지는 못했겠지만! 미성년자가 운전하는 것도 불법이야! 그리고 남의 차인 내 차를 운전하는 건 더더욱 불법이지!! 아마도 이 학교 계단 위에 차를 주차하는 것도 불법일걸? 어떻게 그걸 했는지 아직도 모르겠다고!"

"제가 안 했다니까요." 마일즈가 말했어요.

바킨 교장 선생님이 헛웃음을 터뜨렸어요. "내가 교장을 한 이래로 이 학교 입구를 막은 차는 본 적이 없었어. 좋은 학생들로 가득한 교실에, 내 아들 조시 같이 훌륭한 학생이 포함된 교실에, 여태껏 귀뚜라미 떼가 뛰어다니는 것도 본 적이 없었어. 그리고 파이 투석기가 설치된 사물함을 본 것도 처음이야. 그 외에도 올해 전까지 본 적 없는 게 또 뭐가 있었는지 알아?"

바킨 교장 선생님은 의외로 긴 집게손가락을 뻗었어요. "너, 너 마일즈 머피 말이야. 말해 봐. 그게 정말 우연이라고 생각하니?"

"네. 맞아요. 우연이에요." 마일즈가 말했어요.

"마일즈 머피, 내 말을 끊지 마! 내가 질문 한 게 아니잖아! 넌 그것도 모르는 거냐?"

마일즈는 대답해야 할지 말아야 할지 고민했어요.

바킨 교장 선생님은 기대에 찬 눈으로 바라보았어요.

"네?" 마일즈가 대답했어요.

"이건 가짜 질문이었어! 속임수라고!" 바킨 교장 선생님이 외쳤어요. "넌 대답을 하든 안 하든 결국 망한 거야. 이건 전형적인 바킨식 함정이라고!"

마일즈는 당황했어요.

멀리서 소가 음메~ 하는 소리가 들려왔어요.

"알겠지, 마일즈 머피? 너는 날 이길 수 없어. 사실 넌 이미 졌어! 네가 바킨에게 맞서기로 한 순간, 게임은 끝난 거야!"

교장 선생님은 의자를 뒤로 밀며 진홍색 러그 위로 뛰어올랐어요.

"바킨 가문은 다섯 대째 야니밸리 과학문예학교 교장으로 지내고 있어! 지금 널 감당하고 있는 게 나뿐만 아니라는 거야, 마일즈 머피. 우리 가문 역사 전체의 무게를 어깨에 짊어지고 있는 거라고! 바킨 한 사람과 춤을 추는 건, 모든 바킨 가문과 춤을 추게 되는 거야!"

바킨 교장 선생님은 값싼 액자에 걸린 초상화 벽을 가리켰어요.

"그런데 네 명뿐이네요." 마일즈가 말했어요.

"뭐라고?"

"초상화가 네 개뿐이잖아요. 다섯 대째 교장이라고 하셨는데요."

"맞아. 우리 할아버지 초상화는 없애버렸지."

순간 바킨 교장 선생님은 기운이 쭉 빠졌어요.

타디우스 바킨
-1868-

로저 바킨
1903

버트랜드 바킨
1971

배리 바킨   -1999-

할아버지 지미 바킨은 좋은 사람이었어요. 매년 추수감사절에, 어린 배리의 귀 뒤에서 은화를 '만들어내는' 마술을 늘 보여주곤 했어요. 그건 배리의 아버지가 할아버지의 방문을 허락한 유일한 시간이었어요. "그게 뭐야, 귀 뒤에 뭐가 묻었나?" 지미 바킨은 이렇게 말하곤 했어요. 그리고 손을 뻗어 '짜잔!' 하고 은화가 그의 손가락 사이에서 나타나곤 했어요. 그리고 그게 최고는 아니었어요. 십 분간 현실적인 귀 위생 관리의 중요성을 강조하며, 철학과 기법에 관한 연설을 한 뒤, 배리에게 동전을 주곤 했어요. 배리가 그 동전을 국가보증 리틀세이버스대학 저축 계좌에 예치하겠다고 약속한다면 말이에요. "복리 이자!" 지미가 말하곤 했어요. "그게 진짜 마술이야!"

하지만 지미 바킨은 마음이 약했어요. 그는 '32년 눈보라 때 휴학을 했고, 그로 인해 야니밸리 과학문예학교의 완벽한 운영 기록에 흠집이 생겼어요. 바킨 교장 선생님은 그날을 기억했어요. 그때 그의 아버지, 전 교장이었던 바킨 교장 선생님, 그때는 단순히 바킨 교장 선생님이었는데, 이 사무실에 들어와 "내려라"라고 했던 것 말이죠. 그것이 그의 교장으로서의 첫 공식 발언이었어요. 그래서 관리인이었던 버트는 제임스 '지미' 바킨의 초상화를 벽에서 내렸어요.

수업이 끝나고 아버지 차로 가는 길에, 배리는 초상화가 틀에 금이 간 채로 초록색 쓰레기통 옆에 기대어 있는 것을 보았어요. 그는 그것을 집으로 몰래 가져갈까 고민했어요. 아버지의 말을 어기고, 트렁크에 넣은 다음, 밤에 몰래 자기 방으로 가져가서, 옷장 뒤쪽에 숨기는 것을 말이에요.

하지만 그는 그러지 않았어요. 아마 그랬어야 했을지도 몰라요.

아니! 분명 배리 바킨은 그날 올바른 선택을 한 것이 분명해요! 마찬가지로, 버트란드가 초상화를 내리라고 한 것도 옳았을 것이에요! 왜냐하면 교장의 권위는 절대적이어야 하기 때문이죠! 약해질 여유는 없어요!

바킨 교장 선생님의 눈이 다시 초점을 맞췄어요. "방과 후 벌점이다. 그리고 등교 전에도. 네가 이 학교를 떠날 때까지 매일매일."

마일즈는 풀이 죽었어요.

마일즈는 등교 전 벌점이라는 걸 들어본 적 조차 없었어요. 사실, 그건 벌점도 아니었어요. 벌점

이라는 건 이미 학교에 있을 때 내는 것이니까. 그럼 이건 뭐라고 불러야
할까? 예방? 체포? 감금?

엄마에게 뭐라고 말해야 할까?

그는 화장실로 걸어갔어요. 나일즈 스파크스가 세면대에 앉아 있었어
요. 마일즈는 너무 피곤해서 놀랄 기력도 없었어요.

"내가 여기 올 줄 어떻게 알았어?"

"내가 벌점 여러 개 받았으면, 가장 먼저 올 곳이 바로
여기지." 나일즈가 말했어요.

마일즈는 옆 세면대에 가서 찬물을 틀었어요. (찬물
밖에 나오지 않았어요.)

그는 거울을 들여다봤어요. 얼굴이 안 좋아 보였어
요. 잠이 필요했어요. 그리고 이제는 벌점을 받기 위해
일찍 일어나야 했어요.

"나일즈." 그가 말했어요. "나 항복할게."

"미안하지만." 나일즈가 말했어요. "나는 받아들
일 수 없어."

"나일즈, 이제 더 이상 못 하겠어. 장난칠 시간도 없을 거야. 네가 이겼어. 제발, 이 장난 전쟁을 끝내자."

나일즈가 웃었어요. "그래, 우린 장난 전쟁을 끝낼 수 있을 거야."

"근데 방금…."

"그래 난 네 항복을 받아들이지 않아." 나일즈가 손을 내밀었어요. "휴전이지!"

"하지만…."

"아, 제발." 나일즈가 말했어요. "기운 내. 지금은 내가 조금 앞서 있는 것뿐이야. 결국에는 네가 나를 이길 거라고."

마일즈는 그 말이 진실인지 확신할 수 없었어요.

"진짜야!" 나일즈가 말했어요. "계속 말했잖아. 너는 재능이 있어. 사람들을 잘 이해해. 그리고 순간적으로 대처하는 능력도 뛰어나. 오 코치를 위한 베이컨? 천재적인 아이디어였어. 열 가지 재앙 핑계? 난 그런 걸 즉석에서 생각해 내지 못했을 거야." 그는 어깨를 으쓱했어요. "나는 주로 계획형이거든."

"그래?"

"그래! 나는 처음부터 이 장난 전쟁을 원하지 않았어. 우리 같은 프로 장난러들은 서로의 발등을 찍어서는 안 돼."

마일즈는 얼굴에 물을 튀겼어요.

"자칭 프로장난러들 중 대부분은…." 나일즈가 말했다, "그저 체리 폭탄을 변기에 넣고 그걸로 학년 내내 자기 자신과 하이파이브나 할 거야. 하지만 우리는 야망이 있어. 우리는 비전이 있다고."

마일즈는 스스로 약간 비전이 있는 사람이라고 생각해왔어요.

"마일즈, 우리는 서로가 필요해."

"우리가 서로 필요하다고? 너는 항상 나에게 가르칠 게 많다고 말했잖아."

"아, 그건 맞아!" 나일즈가 말했어요.

마일즈는 눈을 굴렸어요.

"봐, 내가 너한테 가르칠 수 있는 게 있고, 네가 나한테 가르칠 수 있는 게 있어. 우리가 함께 장난계획을 세우면 더 잘할 수 있어. 우리는 서로를 보완한다고. 뭐 어쩌고저쩌고. 좋아. 그런데 그게 우리가 서로 필요한 이유는 아니야."

물이 계속 흘러나왔어요.

"그럼, 왜?" 마일즈가 물었어요.

"나는 친구가 필요해." 나일즈는 담담하게 말했어요. "그리고 너도 그래. 장난은 친구랑 함께하는 게 더 재밌거든."

나일즈는 손을 내밀었어요.

"휴전할래?"

마일즈가 악수를 하면, 그것으로 끝이었어요. 그들은 단순한 학교 친구가 되는 것이 아니라, 진짜 친구가 되는 거예요. 마일즈는 세면대에 앉아 있는 나일즈를 주의 깊게 살펴보았어요. 그는 여태까지 이런 아이를 본 적이 없었어요: 훈장을 달고 다니는 아첨꾼이면서도 장난의 천재적인 머리를 숨기고 있는 아이. 비전이 있는 아이. 괴짜. 마일즈 머피는 과연 나일즈 스파크스 같은 아이와 친구가 되었을까요?

"그래, 휴전."

두 사람은 드디어 악수를 했어요.

나일즈는 세면대에서 뛰어내렸어요. "좋아. 이제 바킨에게서 너를 벗어나게 해줄게."

"잠깐, 어떻게?"

"징계 규정 제13장 2항을 위반해서 정황 증거만으로 너를 벌주는 건 위법일 거야."

"뭐라고?"

"네가 범죄를 저질렀음을 암시하는 것들이지만 증명하지는 못하는 것 말이야. 내가 가서 교장 선생님에게 말할 거야. 너한테 좀 여유를 주고 현장에서 딱 걸릴 때까지 기다리라고. 그러면 벌점을 잊고 너를 퇴학시키는 게 낫다고 할 거야. 그는 너를 퇴학시키고 싶어 할 거야."

마일즈는 수돗물을 잠갔어요. "알았어…. 그럼 난 당분간 조용히 있어야겠네?"

"절대 안 돼." 나일즈가 문을 향해 걸어가며 말했어요. "너랑 나는 야니밸리가 본 적 없는 가장 큰 장난을 칠 거야.

921번째 사실

평균적으로 사람은 1년에 아이스크림을 25kg이나 먹어요. 그 아이스크림을 모두 먹게 해준 고마운 존재는 누구일까? 바로 소예요! 오늘도 소에게 감사 인사를 올려봐요.

922번째 사실

어떤 소도 같은 무늬를 가지고 있지 않아요. 얼룩무늬는 사람의 지문과 같죠! 혹시라도 소가 은행을 털면 이 사실을 알아두면 좋을 거예요.

923번째 사실

그런데 소는 은행을 털지 않아요.

저런, 이것 참!

다음 날 아침, 마일즈의 사물함에는 고무로 된 닭이 있었어요.

오후 3시 30분에 마일즈는 47번길 버터크림 레인에 있는 큰 파란 집의 초인종을 눌렀어요.

나일즈가 반갑게 맞이했어요.

"해냈구나."

마일즈가 고무 닭을 들고 말했어요. "유치원 때 전화 암호를 배웠거든."

"고무 닭까지 가져올 필요는 없었는데."

"아, 맞다. 깜빡했어."

"들어와."

나일즈의 집은 깔끔하고 조용했어요. 나일즈는 마일즈를 하얀 카펫이 깔린 방들을 지나 안내했어요. 베이지색 소파, 커다란 TV, 회전하는 작은 의자. 밝은 나무와 하얀 가죽. "여기가 거실이야. 저건 작은 화장실. 여기가 주방이고."

"너희 부모님은 집에 계셔?" 마일즈가 물었어요.

"응. 아빠는 사무실에 계시고, 엄마도 사무실에

47228
28181
32732
37332
21615
36233
07161

164

계셔."

그는 반대 방향을 가리켰어요. "부모님은 재택근무를 하셔. 음료수 마실래? 음료수가 많아. 사이다? 그냥 사이다랑 제로 사이다가 있어. 또는 꽤 괜찮은 천연 사이다도 있고. 그런데 네가 사이다를 안 마실지도 모르니까, 여러 가지 주스도 준비했어. 그리고 아이스티가 괜찮다면 아놀드 팔머를 만들어 줄 수도 있어. 아놀드 팔머는 레모네이드와 아이스티를 반반 섞은 거야."

"그냥 물 한 잔 마실게," 마일즈가 말했어요.

"수돗물 아니면 탄산수?"

"수돗물도 괜찮아."

나일즈는 분명히 실망한 표정을 지었어요.

"사실, 탄산수도 괜찮겠어."

"좋아!"

마일즈와 나일즈는 카운터에 앉아 물을 마셨어요.

"그래서," 나일즈가 말했어요. "나는 친구를 집에 초대한 적이 없어서. 이렇게 하는 거 괜찮아?"

"응" 마일즈가 말했어요.

"혹시 재미있어? 나는 우리가 같이 나가서 놀아야 한다고 생각했는데, 이게 재미있는지 잘 모르겠어."

"재미있어."

나일즈는 물을 한 모금 마셨어요. "아니야, 재미없어. 자, 이제 멋진 걸 보여줄게."

나일즈의 침실은 다른 집에 있는 것 같았어요. 카펫이 벗겨져서 어두운 색상과 반짝이는 체리 나무 바닥이 드러났어요. 진홍색 러그에 금색 소용돌이가 그려져 있었어요. 오래된 듯 보이는 큰 안락의자와 책상, 침대가 있었어요. 복잡한 오디오 시스템에 연결된 두 개의 큰 스피커. 마일즈가 본 것 중 가장 큰 지구본. 나머지는 책들이었어요.

벽에 기대어 쌓여 있는 책들이 거의 천장까지 닿았어요. 나일즈의 도서관에는 자기만의 정리 규칙이 있다고는 했지만, 마일즈는 알 수 없었어요. 한 열에는 아틀라스, 루이즈 피츠휴의 소설 세 권, 무대와 스크린을 위한 억양와 사투리, 유머책, 에시오 트로트 두 권, 선인장, 히타이트, 경주마에 관한 책들이 있었어요.

"정말 대단해." 마일즈가 말했어요.

"아직 감탄하기는 일러."

나일즈는 책상 옆에 있는 문을 열었어요. "들어가 봐."

"거기 뭐가 있는데?" 마일즈가 물었어요.

"정확히는 옷방인데, 나는 옷방이 필요하지 않아."

"그럼, 거기 뭐가 있는데?"

"가서 한번 봐봐."

마일즈는 머리가 지끈거렸어요. 이게 장난일까? 잠깐만. 이게 모두 장난일지도 몰라. 만약 들어가서 반짝이 통이 쏟아지거나, 나일즈가 문을 잠그고 백 마리의 타란튤라가 벽에서 나오는 거라면?

마일즈는 옷장으로 걸어갔어요.

나일즈는 그들 뒤의 문을 닫았고, 모든 것이 깜깜해졌어요.

그는 천장에서 매달린 전구를 켜는 줄을 당겼어요. 사방 벽과 천장은 분필 보드 페인트로 덮여 있었고, 마일즈는 나일즈의 깔끔한 글씨로 쓰인 단어와 도표, 지도에 둘러싸여 있었어요. 그중 일부는 암호로 되어 있었고, 일부는 영어로 되어 있었어요. 아마도 프랑스어로 된 것도 몇 줄 있었을 거예요. 나일즈의 머리 바로 뒤에는 읽을 수 없는 차트가 있었고, 그 위에는 "작전: 물 위를 가로지르는 치실"이라고 적혀 있었어요. 우유 상자 뒤에, "피해자의 마음속에서만 일어나는 장난"이라는 문구가 적혀 있었어요. 미일즈는 벽에 기대어 넘어지지 않도록 조심했어요. 그것은 3차원 장난 일기장으로 들어간 것 같았어요.

"장난 계획 연구실에 온 걸 환영해." 나일즈는 두 개의 상자를 뒤집어 놓고 노란색 상자에 앉았어요. 마일즈는 파란색 상자에 앉았어요.

"좋아." 나일즈가 말했어요. "프로장난러 서약을 할 준비 됐어?"

"잠깐, 프로장난러의 서약이 정말 있어?"

나일즈는 바닥에 놓인 구두에서 낡아빠진 종이쪽지를 하나 꺼냈어요.

"물론이지. 누가 썼는지, 언제 썼는지 아무도 몰라. 하지만 이건 몇 세기 전 프로장난러들의 느슨한 연합체인 국제 무질서 기구에서 왔어. 왼손을 들어."

"오른손이 아닌가?"

"그건 일반 서약이야. '오른쪽'이 프랑스어로 뭘 의미하는지 알아? 도아(Droit) 그건 법을 의미해. 하지만 이건 프로장난러의 서약이야. 우리는 무법자들이야. 왼쪽을 의미하는 라틴어는 시니스트라(sinistra)야. '불길한'이라는 의미도 있어. 그게 우리야. 장난을 치는 사람들."

마일즈는 왼손을 들었어요.

"나를 따라 말해:

내 명예를 걸고 최선을 다한다.

나쁜 짓이 잘되도록;

파괴하지 않고 방해하며;

기분 나쁜 사람에게 창피를 주고, 즐거운 사람을 즐겁게 하며;

소동, 속임수, 장난 거리에 내 마음을 바치며;

세상이 뒤집히면 더 좋아 보인다는 것을 증명한다;

그래, 나는 프로장난러다.

그리하여 그렇다."

"그리하여 그렇다." 마일즈가 말했어요.

"완벽해." 나일즈가 말했어요. "나는 이제 우리가 국제 무질서 기구 야니밸리 지부의 유일한 회원이라고 선언한다. 앞으로 '못말리는 녀석 둘'로 알려지게 될 거야."

"좋아." 마일즈가 말했어요.

"음." 나일즈가 말했어요. "비밀 손톱 인사라도 필요할 것 같아."

"응…."

그들은 상자에 앉아 생각했어요. "알았어." 마일즈가 말했어요. "두 손가락을 세워 봐."

나일즈가 그렇게 했어요. 마일즈도 그렇게 했어요. 그는 손끝을 나일즈의 손끝에 맞췄어요.

"하이 파이브." 마일즈가 말했어요.

"하지만 그건 하이 투일 뿐이야." 나일즈가 말했어요.

"로마 숫자 다섯." 마일즈가 말했어요.

마일즈가 웃었어요.

나일즈도 웃었어요.

이제 공식적인 비밀 조직이 되었어요.

그리고 '못 말리는 녀석 둘'은 그들의 첫 번째 장난을 계획하기 시작했어요.

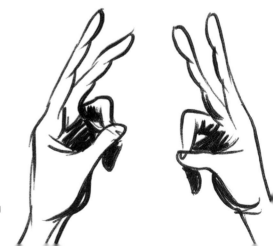

이야기 스물아홉

일즈가 일어섰어요. "가장 좋은 휴일이 언제라고 생각해?"

마일즈는 이게 꼭 답을 원하는 질문이 아니라는 걸 알았어요.

나일즈가 계속 말했어요. "4월 1일, 만우절."

당연히 그렇겠지. 마일즈는 고개를 끄덕였어요.

"1698년 4월 1일." 나일즈가 말했어요. "영국에서는 모든 사람이 런던 타워의 큰 인공 호수로 초대되어 사자들이 목욕하는 걸 보게 되었어. 그날 아침, 엄청난 인파가 모였지. 정말 멋질 것 같았어. 단, 한 가지 예외가 있었어: 런던 타워에는 사자가 없거든. 그리고 또 하나: 사실 사자를 직접 씻기지도 않아."

"사자는 없고 염소들만 있었지." 마일즈가 말했어요.

나일즈가 웃었어요. "맞아! 바로 그거야! 지저분한 도랑에 서 있는 거. 이게 첫 번째 만우절 장난이었어. 그리고 그 이후로 4월 1일은 장난과 속임수, 실없는 농담을 위한 날이 되었지. 하지만 명절로서 한 가지 문제가 있어."

"그게 뭔데?" 마일즈가 물었어요.

"우리는 학교에는 쉬는 날이 없잖아."

나일즈는 한 벽의 일부를 소매로 지웠어요. "학교가 쉴 만큼 큰 장난을

어떻게 쳐야 할까?"

두 시간 후, 마일즈는 오래된 안락의자에 앉아 있었고, 나일즈는 방을 돌아다니고 있었어요. 바닥에는 빈 그릇과 감자칩 부스러기, 그리고 여러 개의 부서진 사이다 캔이 있었어요. 장난 계획 연구실의 한 벽에는 장난 아이디어로 가득 찬 빨간색 네모가 있었어요.

하지만 그 중 어느 것도 마음에 쏙 들지 않았어요.

"지난번 수업이 취소된 건 눈보라 때문이었지?" 마일즈가 말했어요. "이건 바보 같은 생각일지도 모르지만, 날씨를 조종할 방법이 있을까?"

나일즈가 잠시 생각했어요. "아니." 그가 말했어요. "중국에는 그런 기계가 있다고 들었지만, 우리가 그걸 손에 넣을 방법은 없어."

"만약 모든 출입구를 막는다면? 네가 바킨 교장 선생님의 차로 했던 것처럼 말이야."

"음." 나일즈가 말했어요.

"그런데 어떻게 교장 선생님 차를 거기에 올렸어?"

"집중하자." 나일즈가 말했어요.

"그래, 그러면 이번엔 몬스터 트럭으로 막아볼까?"

"그건 구하기가 너무 힘들어." 나일즈가 말했어요. "게다가 모두 그 아래로 지나갈 수 있을 거야. 문을 벽돌로 막을 수도 있지만…. 그건 너무 피해가 커."

"그 귀뚜라미는 나쁘지 않았어. 귀뚜라미 천 마리로는 학교 문을 닫을 수 없겠지. 하지만 백만 마리는 어때?"

"그건 아마 만 달러 이상이 들 거야. 게다가 우리가 똑같은 걸 반복하는 셈이잖아. 뭔가 더 큰 아이디어를 떠올려야 해."

"백만보다 더 큰 거?"

"귀뚜라미보다 큰 거!"

"소!" 마일즈가 말했어요.

"뭐라고?"

"소말이야!"

"하지만"

"소들은 계단을 올라갈 수 있지만, 내려갈 수는 없어."

나일즈는 발걸음을 멈췄어요. "그걸 어떻게 알았어?"

마일즈는 배낭의 지퍼를 열고 구겨진 책자를 꺼냈어요.

나일즈는 마일즈에게 분필을 던졌어요. "이걸 해결해 보자."

2주 후, 시리얼 여섯 상자, 네 개의 칩 봉지(하나는 원래 맛, 세 개는 사워크림과 양파 맛), 그리고 빨간 감초를 한 통 사용한 후, 그들은 장난 계획 연구실의 한 벽을 모두 덮었어요.

일이 점점 커지고 있었어요.

이야기 서른

4월 1일은 월요일이었어요. 이제 두사람에게는 52일이 남았어요.

마일즈와 나일즈는 거의 매일 오후에 도서관을 가거나 장난 계획 연구실에서 연구했어요. 점심시간에는 함께 앉아 계획을 세우며, 아무것도 계획하고 있지 않은 것처럼 보이도록 했어요.

"마일즈, 너와 나일즈가 꽤 친해진 것 같네." 홀리가 어느 날 말하며 한쪽 눈썹을 올렸어요. "응." 마일즈가 대답했어요. 사실보다 더 나은 속임수는 없으니까.

홀리는 다른 쪽 눈썹도 올렸어요.

눈이 녹으면 그들은 빵빵해진 재킷을 입고 호숫가 숲으로 도구를 가지고 갔어요. 그들은 함께 완벽한 나무를 골랐어요. 굵고 얼룩덜룩한 줄기와 튼튼한 흰색 가지가 퍼져있고, 끝이 마른 가는 가지로 끝나는 오래된 시카모어 나무를 선택했어요. 마일즈 엄마는 친구와 함께 나뭇집을 짓겠다는 소식을 들었을 때, 매우 기뻐하며 자재 비용도 보탰어요. 나일즈 부모님은 마일즈가 집에서 몇 번 본 적이 있는 분들로, 나머지 비용을 지원했어요. 나일즈는 클럽하우스를 공학 프로젝트로 제안했어요.

그들은 망치질과 톱질을 했어요. 곧 집틀과 지붕을 만들었어요.

추웠지만, 그들은 나무 위로 책을 가져와서 겨울의 흐릿한 빛 속에서

2월 17일

2월 24일

3월 1일

3월 31일

책을 읽었어요. 날씨가 캠핑하기에 충분히 따뜻해졌어요. 나일즈는 빨간 텐트를 나무 위에 가져와 집틀에 설치했어요. 마일즈는 텐트를 설치하고 철거하는 일을 맡았고, 나일즈는 마시멜로를 맡았어요.

3월이 되자 그들의 나무는 푸른 잎이 자랐고, 클럽하우스에는 벽과 창문이 생겼어요.

"완벽해." 나일즈가 나무집이 완성되었을 때 말했어요. 마일즈는 문 위에 '비밀 본부'라고 적고, 창문 옆에 이니셜을 새겼어요. 그들은 지상 6미터 위에서 마지막 만우절을 준비했고, 이제 할 일은 장난 계획을 실행하는 것뿐이었어요.

공 식적으로 장난 계획은 3월 23일부터 실 행하기 시작했어요. 마일즈 머피가 모퉁이에 있

는 우체통에 편지를 넣었지만, 진짜 활동은 4월 1일 자정이 되어야 시작
되었어요. 마일즈는 알람 시계의 빨간 숫자가 11:59에서 12:00으로 바뀌
는 것을 지켜보았어요. 노래 "These Boots Are Made for Walking"의 마
지막 부분이 부드럽게 흘러나오기 시작했지만, 마일즈는 이미 깨어 있었
어요. 그는 잠을 자지 않았어요.

두 시간 전쯤, 그가 너무 산만해서 책을 읽지 못할 것 같다고 포기하고, 그 이후로 라디오를 쳐다보며 계획을 되새기며 음악이 나오기 전 알람 시계의 작은 클릭 소리를 기다리고 있었어요.

마일즈는 가방을 들었어요. 그는 너무 피곤해서 불안하지 않을 거라고 기대했지만, 그는 불안했어요. 그리고 피곤했어요. 그리고 신경이 날카로웠어요.

"만우절 축하해." 그가 말했어요. 이제 출발할 시간이었어요.

마일즈는 침대 시트로 로프를 만들고 싶었지만, 그의 엄마는 깊은 잠에 빠져 있었어요. 가장 현명한 방법은 몰래 아래층으로 내려가서 정문으로 나가는 것이었어요. 별들이 하늘에 흩어져 있었고, 밤의 차가운 공기가 마일즈의 폐를 아프게 했어요. 유일한 소리는 고장난 가로등의 희미한 윙윙거림이었어요. 마일즈 머피는 이렇게 늦게 혼자 나온 적이 없다는 것을 깨달았어요. 짜릿했어요. 그는 후드의 모자를 뒤집어 쓰고 거리를 따라 달리기 시작했어요.

마일즈가 헤드라이트를 보자 그는 얼어붙었어요. 몸을 구부리고 신발 끈을 묶는 척했어요. 자연스럽게 행동해야 했어요. 그는 차가 천천히 지나가며, 밤에 밖에 있는 아이를 보며 무슨 일을 하고 있는지 묻길 준비하고 있었어요. 하지만 차는 그냥 지나갔어요. 그 이후로 마일즈는 멈추지 않았어요.

스프링 스트리트에서는 라쿤이 수로에서 기어 나와 마일즈가 무엇을 하고 있는지 정확히 아는 듯이 그를 쳐다보았어요.

그곳에는 라쿤과 마일즈뿐이었어요! 가면을 쓴 도둑, 밤에 다니는 주

민들! 마일즈는 달려가면서 라쿤에게 인사했어요.
라쿤은 다시 수로로 돌아갔어요.

곧 거리에 가로등이 꺼지고 어둠만 남았어
요. 하지만 마일즈는 가고 있는 곳을 알고 있
었어요. 포장된 도로
에서 흙길로, 그리고
길이 없는 곳으로 바
꿔었어요.

마일즈는 울타리를 넘었어요. 여기서는 풀
이 높이 자랐고, 이슬이 그의 청바지를 종
아리 중간까지 적셨어요. 나무들이 빽빽
하게 자란 초원에 도착했을 때,
그는 잠깐 손전등을 사용
할 수 있었어요. 그는 숨
을 고르고 방향을 잡으며
스위치를 껐어요. 이제는
천천히 움직여야 했어요.
뿌리를 조심스럽게 넘고 협
곡을 내려갔어요 정말 거의 다

왔어요.

만남의 장소에서 마일즈는 시계 버튼을 눌러 화면을 켰어요. 11분 일찍 도착했어요. 그는 단풍나무에 기대어 기다렸어요.

1시가 되자 꾸르륵거리는 소리가 들리기 시작했어요. 소리가 커지다가 가까이서 멈췄어요. 마일즈는 손전등을 세 번 깜박였어요. 세 번의 깜박임이 대답했어요.

나일즈가 자전거를 타고 도착했고, 마일즈의 짐수레를 끌었어요. 수레에는 작은 건초 더미가 실려 있었어요.

"오늘 밤은 이게 더 무겁게 느껴지네" 나일즈가 말했어요. 그는 자전거에서 내렸어요. 그는 검은색 청바지와 검은색 스웨트, 그리고 높은 검은색 스텟슨 모자를 쓰고 있었어요.

"그 모자는 뭐야?" 마일즈가 물었어요.

"왠지 어울릴 것 같아서."

마일즈는 모자를 비웃고 싶었지만, 한편으로는 모자가 필요했어요.

"이제 시작하자." 마일즈가 말했어요.

나일즈가 손을 비볐어요. 그는 주먹에 입김을 불었어요. 마일즈는 나일즈가 긴장한 것을 처음 보았어요. 나일즈는 손을 입에 대고 목소리를 어둠 속에서 울려 퍼지게 했어요.

"헤이, 보스! 헤이이이이이, 보스! 홋, 홋!"

아무 일도 일어나지 않았어요.

좋지 않았어요.

"음, 괜찮아." 나일즈가 말했어요. "농부들은 서로 다른 호출 방법을 사용해."

"알았어." 마일즈가 말했어요.

나일즈는 다시 외쳤어요: "수, 보스! 수우우우우, 보스!"

침묵.

나일즈가 부끄럽게 어깨를 으쓱거렸어요.

마일즈는 엄지손가락을 씹었어요. 이 부분은 그의 책임이 아니었어요. 아마도 책임지었어야 했을지도 몰라요.

"조금 더 있어." 나일즈가 목을 가다듬었어요. "이리와, 보스! 여기로오오오오와, 보스!"

어딘가 근처에서 소가 음매~하고 울고 있었어요.

또 다른 소도 음매~하고 있었어요.

또 하나.

밤은 소들의 음매~ 소리로 가득 차 있었어요. 게다가 음매 소리가 점점 가까워지고 있었어요.

"여기로ㅇㅇㅇㅇㅇㅇㅇ, 보스!" 나일즈가 말했어요.

"음매~." 소들이 말했어요.

"하하!" 마일즈가 말했어요. 정확히 말하면, 그는 웃고 있었어요.

큰 소 모양의 그림자가 언덕 위로 다가오며 음매하고 있었어요.

"헤이, 여왕소!" 나일즈가 말했어요. "목에 방울이 달려 있어. 쟤가 리더 여왕소야!"

이제 소들이 여기저기에서, 골짜기에서 올라오고, 나무에서 나왔어요. 초원은 밥 바킨의 젖소 떼로 가득 차 있었고, 아마도 오늘 아침에 젖 짜는 일이 왜 이렇게 일찍 시작되었는지 궁금해했을 거예요. 하지만 아마도 그렇지 않을 거예요. 결국, 소일 뿐이니까.

여왕소가 이제 가까워졌고, 일부 소들이 그녀 뒤에 줄을 서기 시작했어요. 나일즈는 손을 쳤어요. "자, 가자!" 나일즈는 자전거에 올라탔어요. "이리와, 보스!" 그는 외쳤어요. 그는 뒤를 돌아보며 다가오는 무리의 방향으로 한 움큼의 건초를 던졌어요. 여왕소는 멈추지 않고 건초를 집어 먹으며 나일즈 쪽으로 계속 움직였어요. 페달 위에 서서, 나일즈 스파크스는 자전거를 타기 시작했어요. 여왕소는 건초를 따라갔고, 소들은 여왕소를 따라갔어요.

마일즈는 해야 할 일이 있었어요.

이야기 서른셋

마일즈 머피가 두 달 가까이 '소를 이동하는 방법' 에 대한 책을 읽으면서, 가장 좋아했던 부분은 J. M. 아이버 슨의 『존엄하게 소를 다루는 법』에서 발췌한 구절이었어요:

'지구상의 모든 생물은 포식자이거나 먹잇감이다. 소는 먹잇감이다. 소는 먹잇감처럼 생각하고, 먹잇감처럼 반응한다. 소를 이동시키고 싶다면, 포식자처럼 움직여야 한다.'

마일즈는 소 무리를 주의 깊게 살펴보았어요. 소들은 함께 뭉쳐서 느릿느릿 돌아다니고 있었고, 송아지와 소가 모두 나일즈의 자전거가 목장에서 페달을 밟는 것을 따라가고 있었어요. 하지만 일부는 잘못된 방향으로 움직이고 있었어요. 어떤 소는 그냥 서 있었고, 다른 더 많은 소는 그저 풀만 뜯고 있었어요.

마일즈는 몸을 낮춰 낮은 자세를 취했어요. '넌 포식자 코요테야.' 마일즈가 속으로 생각했어요. 그리고 앞으로 뛰어 나갔어요. 긴장감 있고 우아하게, 마일즈는 풀밭을 가로질렀어요.

마일즈는 소 떼 뒤쪽으로 접근하자, 뒤처진 소들이 머리를 들었어요. 그리고 귀를 쫑긋 세워졌어요. 소들은 음매~하고 울었고, 마일즈를 향해 돌아서서 노려보았어요. 그러고 나서 다시 움직이기 시작했어요. 마일즈는 소들 쪽으로 다시 움직였어요. 소들이 멀어졌어요.

이제 소 떼 전체가 나일즈의 자전거를 따라 언덕 아래로 가고 있었고, 마일즈는 뒤를 따라갔어요.

마일즈는 지그재그로 왔다 갔다 하며 무리의 바깥 가장자리를 돌았어요. 왼쪽, 오른쪽, 왼쪽, 오른쪽, 마치 코요테처럼, 그러자 소들은 긴장하며 움직였어요. 그들은 뛰었고, 코를 골았고, 방귀를 뀌고 꼬리를 흔들었어요. 마일즈는 그들의 저항을 느끼며 계속해서 왔다 갔다 하며 동물들을 앞으로 밀어냈어요. "넌 코요테다. 넌 코요테다."

낮은 언덕을 넘으면서, 소 한 마리가 놀라서 무리에서 뛰쳐나갔어요. 마일즈는 쫓고 싶었지만, 본능을 억누르고 놓아주었어요. 10초 뒤, 뛰쳐나간 소가 멈추어 머리를 불안하게 돌리며 행렬에 다시 들어왔어요. 아이버슨이 1장 1단락에서 말한 대로 소들은 함께 있는 것을 좋아했어요.

400여 미터를 지나자, 무리는 줄어들어 두세 마리가 나란히 걷는 모습이 되었어요. 이제 그들은 정말 음매~하고 있었어요. 어른 소는 앞에 있었고, 송아지는 뒤에서 긴장하며 서툴게 움직였어요. 맨 뒤에는 가장 나이 많은 소가 따라오고 있었고, 그들은 투덜거리며, 마지못해, 신음하며 걸어 갔어요. 그리고 마일즈는 여전히 코요테처럼 지그재그로 움직이고 있었어요.

　마일즈가 대충 계산해 보니, 백 마리가 넘는 소를 몰고 있었어요. 마일즈는 책에 나온 모든 기술을 올바르게 사용하고 있다는 것을 확신했어요. 앞으로, 앞으로, 밤 속으로. 마일즈는 가속도를 느꼈어요.

　"문!" 나일즈가 자전거에서 외쳤어요. "울타리 문!"

　마일즈는 뒤로 물러서서 줄을 앞으로 나가게 했어요. 그러고 나서 왼쪽으로 멀리 벗어나 어른 소, 아기 소, 나일즈와 건초를 지나 쏜살같이 달렸어요. 마일즈는 헐떡거리면서 있는 힘껏 달렸고, 금속 울타리에 몸을 던졌어요. 손에 닿은 자물쇠가 엄청 차가웠지만, 마일즈는 온몸을 다해 문을 열었어요. 울타리 문 소리와 소 방울 소리, 나일즈 자전거가 삐걱거리는 소리가 섞여 들렸어요. 마일즈는 잠시 울타리 옆을 달리다가 넘을 지점을 골라서 땅에 떨어졌어요. 그리고 다시 일어나 최대한 빨리 달렸어요.

나일즈는 울타리 문에 점점 가까워지고 있었고, 뒤에는 바로 소들이 뒤따라 달리고 있었어요. 마일즈는 줄지어 달리는 소 떼 맨 뒤로 가야 했어요. 나일즈가 울타리 문을 지나면서 건초를 어깨 위로 던지는 것을 볼 수 있는 위치에 있도록 말이에요. "이리 와, 보스! 여기로~ 오오오오오오 오오오~, 보스!" 여왕소가 지나가고, 그 다음 두 마리의 소, 그리고 더 많은 소들이 지나갔어요. 마일즈는 앞으로 나가며 소들이 움직이도록, 걸어가도록 했어요. 문을 통과해서. 또 문을 통과해서. 그는 끈질기게, 무리의 움직임과 각자 소들의 움직임을 주의 깊게 살폈어요. 마일즈는 그들의 몸에서 나는 열기를 들이마셨어요. 소들이 풍기는 냄새, 풍부하고 달콤한 향기가 마일즈의 코와 목에 가득 찼어요.

드디어 모든 소가 문을 통과했고, 마일즈도 통과했어요. 마일즈는 숨을 돌리기 위해 멈췄어요. 앞에서 그의 친구가 떠오르는 달빛 아래 자전거를 타고 있었고, 마일즈는 여기서 숨을 쉬며, 그들 사이에 백 마리의 소가 있는 것을 느꼈어요.

자정이 지나갔고, 마일즈도, 나일즈도, 소들도 모두 있어야 할 자리에서 벗어나 버렸고, 당연히 그랬어야 했던 것처럼 느껴졌어요. 마일즈는 쪼그려 앉아 습기 있는 땅에 손가락을 묻었어요. 땅속에서, 딱정벌레는 떨고, 지렁이는 터널을 만들고 있으며, 풀은 위로 자라나고 있었어요. 마일즈는 그의 손끝에서 모든 것을 느낄 수 있었어요.

나일즈는 계속 자전거로 달리고, 소들은 그를 쫓아갔어요. 문을 지나, 울타리를 지나, 밥 바킨의 농장을 지나서. 나일즈는 허공에 대고 주먹을 흔들었어요. 마일즈는 하늘을 향해 울부짖었어요.

이야기 서른넷

1

50미터나 늘어선 소들의 줄이 차프먼 도로를 따라 두 마리씩 쌍으로 움직이고 있었어요. 이 조용한 마을 야니밸리에서 가장 조용한 거리 중 하나였어요. 나일즈와 마일즈는 이동 경로를 신중하게 짰어요. 시간은 새벽 3시 13분. 도로에는 아무도 나와 있지 않았어요.

나일즈는 자전거에서 벨을 두 번 눌렀어요. 교차로였어요.

그런 다음 마일즈는 다시 전속력으로 달리기 시작했어요. 잔디 위를 달리고, 울타리를 넘고, 아마도 몇몇 일찍 피어난 꽃밭을 밟았을 거예요. 그는 나일즈보다 훨씬 일찍 차프먼과 트렐리스의 모퉁이에 도착했어요. 나일즈는 천천히 구불구불 움직여서 마일즈에게 충분한 시간을 주었고, 마일즈는 배낭을 벗고 나일즈의 간단 설치 텐트를 꺼냈어요. 그는 손목을 튕기며 텐트를 공중으로 던졌고, 텐트는 포물선의 정점에서 펼쳐졌어요. 텐트는 착지하고 튕겼어요. 마일즈는 교차로의 한 쪽에 텐트를 놓고, 트렐리스 도로를 한 방향으로 차단했어요. 그것은 아주 좋은 아이디어였어요. 하지만 텐트는 도로 한가운데서 보면 너무 작아 보였고, 마일즈는 소들이 잘못된 길로 달아나는 것을 막기에 충분하길 바랐어요. 아니 충분해야만 했어요.

마일즈는 트렐리스의 다른 쪽에 위치를 잡았어요. 나일즈는 미친 사람처럼 웃으며 지나갔어요.

그리고 소들이 왔어요.

소들은 평온한 표정, 야생의 표정, 일그러진 표정을 지었어요. 소들은 마일즈가 손을 뻗으면 닿을 만큼 가까이 있었어요. 그래서 그는 그렇게 했어요. 마일즈가 손을 내밀어 소의 옆구리에 손을 댔을 때, 소는 움찔했어요. 소의 털은 거칠고 축축하며 따뜻했어요. 마일즈는 손을 코에 댔어요. 동물 냄새가 났어요. 사실 마일즈가 소를 만져본 것은 처음이었어요.

늙은 소들이 지나가고 교차로가 비었어요. 텐트를 접을 시간이었어요. 아주 간단한 일이었지만, 마일즈는 방법을 제대로 알지 못했어요. 마일즈 엄마가 차에 가지고 다니는 접이식 은색 차양처럼 쉽게 생각했지만 그렇지 않았어요. 텐트랑 약 1분 정도 씨름한 끝에, 마일즈는 배낭에 다시 넣을 수 있을 만큼 작은 뾰족한 덩어리로 만들었어요. 마일즈는 도로를 따라 내려가서 무리를 따라잡았고, 나일즈가 벨을 다시 두 번 울리는 소리를 들었어요.

그날 밤 여섯 개의 교차로가 더 있었고, 네 번째 교차로에서는 텐트를 그대로 안고 거리에서 뛰어야 했어요. 마일즈는 헛디디고, 발에 걸려 넘어졌어요. 하지만 단 한 마리의 소도 잃지 않고 목적지에 도착했어요. 그리고 3시 56분에는 써니슬로프 도로를 따라가고 있었어요. 결승점이었어요.

나일즈가 들고 있던 벨이 다섯 번 긴급하게 울렸어요. 그들 앞에는 손님이 있었어요. 줄의 맨 앞에서 나일즈는 집 앞 잔디 한가운데 서 있는 사람에게 손을 흔들었어요. 마일즈가 가까이 다가가자, 그 사람은 남자, 할아버지이고, 속옷만 입고 있다는 사실을 알았어요. 할아버지는 집 앞을 지나가는 소들을 바라보며 멍하니 서 있었어요. "만약 누군가 우리를 보면, 아마도 그러진 않을 거야." 나일즈가 장난감 연구실에서 말했었어요. "그냥 상황에 맞게 대처해. 알아서 해결 해."

마일즈는 침을 꿀꺽 삼키려고 했지만, 목이 너무 조여 있었어요. 마일즈는 할아버지 우편함까지 도착했을 때까지도, 무슨 말을 해야 할지 아직 생각하지 못했어요.

할아버지가 속옷만 입고 있는 것이 아니라, 머리에는 수건으로 만든 모자도 두르고 있었어요. 할아버지의 하얀 머리는 빗질하지 않은 채 달빛 속에서 빛났어요.

소떼와 할아버지는 너무 가까웠어요. 지금 이 모든 것이 무너진다면 계획은 끝이였어요.

"이 시간에 소들이랑 길거리 한복판에서 뭐 하는 거냐?"하고 할아버지가 물었어요.

"할아버지는 새벽 4시에 속옷만 입고 뭐 하고 계신 거죠?" 마일즈가 물었어요.

"그러게. 너나 나나." 남자가 말했어요.

그렇게 깔끔하게 마무리.

8분이 지난 뒤, 나일즈는 소들을 야니밸리 과학문예학교의 차도까지 데리고 갔어요. 그는 자전거에서 뛰어내려서 학교 앞 계단까지 끌고 올라갔고, 가는 길에 건초를 흘렸어요. 나일즈가 꺼낸 열쇠고리는 너무 커서 마일즈는 무리의 뒤쪽에서 그것을 볼 수 있었어요. 나일즈는 자물쇠를 만지작거리며 안으로 들어갔어요. 5초도 채 안 되어 앞쪽 홀에 노란 불빛이 비쳤어요. 나일즈는 학교 문을 열었어요. 나일즈는 문턱 위에 더 많은 건초를 던졌어요.

"이쪽으로~ 오오오오오오오, 보스." 나일즈가 소리친 뒤, 뒤에 있는 건초를 끌고 안으로 사라졌어요.

여왕소는 계단 냄새를 맡았어요. 그녀는 코를 골고 신음했어요. 그리고 서툰 두 번의 점프로 계단을 올랐어요. 그녀의 머리, 어깨 그리고 엉덩이와 꼬리가 들어갔어요. 그리고 다음 소가 들어갔어요.

마일즈는 소들의 불안감에 맞서 꾸준히 압박하며 앞으로 나아갔어요. 소들은 계단보다 마일즈를 더 싫어했어요. 그리고 그들은 함께 움직이는 것을 좋아했어요. 107마리의 소들이 야니밸리 과학문예학교의 정문을 통과하는 데 6분 밖에 걸리지 않았어요.

마지막 엉덩이가 지나갔을 때, 마일즈는 문을 닫았어요.

그리고 밖에서 기다렸어요.

나일즈는 불을 끄고 앞문을 쾅 닫았어요. "행복한 만우절이야~!"라고

나일즈가 소리쳤어요.

　마일즈와 나일즈는 학교의 젖은 잔디 위에 등을 대고 쓰러졌어요.

　마일즈는 두 손가락을 하늘에 뻗었어요. "하이파이브!"

　나일즈는 그의 두 손가락을 올렸어요. "하이파이브!!!"

　그런 다음 그들은 웃었어요.

　그리고 그들은 계속 웃었어요.

교장 선생님 집 전화가 새벽 4시 3분에 울렸어요.

바킨 교장 선생님이 전화를 받고 말했어요. "음므흠."

"배리, 네 아비다, 전 바킨 교장이야. 내가 너를 지금 '직접' 깨우고 있는 거 맞지?"

"아니요, 이미 일어나 있었죠." 바킨 교장 선생님이 대답했어요.

"거짓말 마라! 자다가 방금 일어난 목소리잖아."

"무슨 일 있어요?" 바킨 교장 선생님이 물었어요.

"오늘이 무슨 날인지 알고나 있는 거냐?"

"오늘요? 그게…."

"오늘은 4월 1일, 만우절이잖아! 그런데도 그냥 바보처럼 잠이나 자고 있었단 말이군. 당장 일어나서 만우절 장난을 잠재울 강력한 연설이나 준비해!"

"그건 어젯밤에 다 써놨다고요." 바킨 교장 선생님이 말했어요.

"그랬으면 일찍 일어나 연습

을 해야지!"

"알았어요."

"중간중간 멈추는 것도 계획해야 해!"

"네, 알겠어요."

"목소리에 힘을 실어야 해!"

"네. 알겠다고요."

"만우절 장난에 대해 관용 따위 없다는 것을 모든 학생에게 반드시 인식시켜야 해."

"아버지!"하고 바킨 교장 선생님이 소리쳤어요. "어떤 사람들은 새벽 4시에 전화하는 것도 만우절 장난이라 생각할 수 있다고요."

"뭐? 이게 장난 같냐? 난 지금 장난치는 게 아니야! 내 평생 장난을 친 적이 없다고."

"아이, 참, 농담이에요, 아버지."

"농담? 장난? '농담'과 '장난' 사이에는 미세한 경계가 있어. 네가 아버지를 장난으로 비난할 때 그 경계에 다가가고 있는 거야. 장난치는 교장님! 네 할아버지 지미처럼 말이야. 예전엔 한 번…"

"이제 연설 연습하러 가야겠어요, 아버지."

"그럼 들어가거라!"

"네~."

"조시와 샤론에게 안부 전해 줘."

배리 바킨은 어두운 방에서 침대 가장자리에 앉아 있었어요.

"우리 아버지였어요." 그가 아내에게 말했어요. "아버지가 안부 전해

달래요."

"음므흠," 바킨 부인이 말했어요.

바킨 교장 선생님은 다시 잠들 수 없었어요. 눈을 감을 때마다 마일즈 머피의 얼굴이 떠올랐어요. 마일즈는 아마 무언가를 계획하고 있을 것이라 생각했어요. 바킨 교장 선생님은 아버지의 말이 맞다고 확신했어요. 그의 아버지는 항상 맞았어요.

교장 선생님은 침대 옆 램프를 켰어요.

바킨 교장 선생님은 6시 3분에 샤워를 하고, 면도하고, 오트밀 토스트를 먹고, 학교 뒤쪽 주차장에 주차했어요. 그는 새로운 차 경보기를 켜두고, 야니밸리 과학문예학교 뒤쪽 입구로 올라갔어요.

바킨 교장 선생님은 냄새를 맡았어요. 오늘 아침에는 유난히 소 냄새가 났어요. 농장에서 강한 바람이 불어오는 척처럼 말이에요.

바킨 교장 선생님은 학교로 들어갔어요. 어두운 곳에서 전등 스위치를 찾는 도중, 그는 크고 털이 북실북실한 것에 부딪혔어요. "이런 건 느껴본 적도 없는데…."하고 중얼거렸어요.

바킨 교장 선생님은 불을 켰어요.

그것은 바로 소였어요.

바킨 교장 선생님은 거의 뒤로 넘어 갈 뻔했어요.

"만우절이야." 그가 소에게 말했어요.

바킨 교장 선생님은 용의자를 딱 한 명만 적어둔 파일이 있었어요. 분명히 이건 마일즈 머피가 생각한 만우절 장난이었어요. 불행히도 마일즈는 교장 선생님이 일찍 학교에 오는 것을 좋아한다는 걸 몰랐어요. 바킨

교장 선생님은 이 소를 뒤쪽 문으로 끌고 나갈 시간이 충분했어요.

바킨 교장 선생님은 자신 가방에 손을 올렸어요.

586번째 사실

그 소는 계단을 내려올 수 없어요.

좋아요! 아주 괜찮아. 교장 선생님은 이 만우절 장난을 처리할 시간이 충분했어요. 가장 이른 시간에 오는 학생들이 도착하려면 거의 한 시간이 남아 있었어요. 이 소를 자신의 사무실에 숨길 시간은 충분했어요.

"이쪽으로 와, 소야," 바킨 교장 선생님은 소를 살살 달랬어요.

소는 아무 말도 하지 않았어요.

바킨 교장 선생님은 소를 뒤에서 밀기도 하고 앞으로 끌기도 했어요. 소는 꿈쩍도 하지 않았어요.

"움직이라고!" 바킨 교장 선생님이 다시 소 뒤에서 소리쳤어요.

그때였어요. 호기심 많은 두 번째 소가 모퉁이를 돌아왔어요.

"소가 두 마리라고?" 바킨 교장 선생님이 깜짝 놀라 소리쳤어요. 이 장난은 그가 생각했던 것보다 더 복잡했어요. 바킨 교장 선생님은 소 두 마리를 사무실에 넣을 수 있을지 확신이 없었어요. 아마도 한 마리는 교직원 화장실에 숨길 수 있을지도 모르죠.

세 번째 소가 천천히 다가왔어요.

배리 바킨은 끔찍한 느낌이 들기 시작했어요.

그는 발끝으로 모퉁이에 다가가 주위를 살펴보았어요.

"안돼!" 바킨 교장 선생님이 말했어.

"안돼! 안돼, 안돼, 안돼, 안돼, 안돼, 안돼!"

바킨 교장 선생님은 복도로 뛰어갔어요. 아까보다 더 많은 소가 보였어요.

"안돼! 안돼, 안돼, 안돼, 안돼, 안돼, 안돼, 안돼, 안돼, 안돼, 안돼, 안돼, 안돼, 안돼, 안돼!!"

교실에 있는 소들.

"안돼! 안돼, 안돼, 안돼, 안돼, 안돼, 안돼, 안돼, 안돼, 안돼, 안돼, 안돼, 안돼, 안돼!!!"

이건 나쁜 상황이었어요. 아니 엄청나게 매우 나쁜 상황이었어요. 바킨 교장 선생님은 아이디어가 필요했어요. 학교의 하루를 구할 방법이 필요했어요. 그는 생각할 장소도 필요했어요. 모든 소로부터 멀리 떨어진 장소가 필요했어요. 그는 계단을 올라가고, 더 많은 소 사이를 지나, 공급실 문을 열었어요. 그의 안식처. 그의 요새.

그는 불을 켰어요.

"안돼."

소가 대걸레를 씹고 있었어요. 그것이 결정타였어요.

7시 45분, 마일즈와 나일즈는 주차장을 지나 풀밭에 모인 학생들 사이에 섰어요.

바킨 교장 선생님은 확성기를 들고 있었어요. 그는 입구를 막고 있었
어요.

훗날 학생들은 바킨 교장 선생님의 얼굴이 이렇게까지 보라색이었던
적이 없었다고 말할 거예요. 마치 그의 목이 비명을 지르는 블루베리를
지탱하는 것처럼 보였어요.

"다시 한번 말한다. 질서 있게 모여라."

"무슨 일이야?" 홀리가 물었어요.

"야호!" 스코티라는 아이가 소리쳤어요. "무슨 일인데?"

"무슨 일이냐면, 지금 학교에 들어올 수 없대.
왜인 줄 알아?…. 왜냐하면 학교가 불타고 있
기 때문이야!"

패닉. 비명.

"불이 났었다! 불이 났었다

고! 다행히 작은 불은 꺼졌다. 여기 그대로 있거라! 모든 것이 안전하다!"

"안전하다면서 왜 못 들어가게 하시는 거죠?" 산디 선생님이 물었어요.

"음…. 왜냐하면… 홍수가 났기 때문이야. 다행히 홍수가 작은 불을 껐다. 하지만 지금 물이 많이 있다. 여기 그냥 모여 있어라. 수업이 곧 시작될 거다."

"그런데 소 냄새가 난다고요!" 스튜어트가 말했어요.

"뭐라고? 아니야. 그건 단지 불이 나서 타고 젖은 그런 냄새야. 뭔가가 불에 타고 물에 잠기면 가끔 소 냄새가 나기도 해."

미술실 어딘가에서 소가 음매~하는 소리가 들렸어요.

"어? 방금 소 우는 소리 아니야?" 홀리가 말했어요.

"말도 안 되는 소리다. 불나고 홍수난 거랑, 학교에 소가 있는 거랑 어떤 게 더 가능성이 높겠니?

"그건…, 불과 홍수요?"

"아냐, 맞아, 홀리. 정확해."

"미술실에 소가 있어요!" 스튜어트가 말했어요. 그는 창문에 손을 대고 안을 들여다보고 있었어요.

"스튜어트, 건물에서 떨어져라!"

"미술실에 소가 여섯 마리나 있다니까요!"

혼잡. 웃음소리.

"학생들! 학생 여러분! 바킨 교장 선생님이 말한다: 건물에서 떨어져라. 창문을 들여다보지 마라."

"여기저기 소가 있다니까요!" 스튜어트가 소리쳤어요.

여왕소가 바킨 교장 선생님 뒤의 창문으로 다가왔어요.

"음, 이거 참." 홀리가 말했어요.

"소가 또 있어!" 스튜어트가 말했어요. "야~, 여긴 마치 소의 도시 같은데!"

여왕소는 숨을 내면서 유리창에 침을 흠뻑 남겼어요.

"뭐 그런데, 특별한 일은 일어나지 않는다!" 바킨 교장 선생님이 소리쳤어요.

"이제 진실이 드러났군요, 배리." 미스 산디 선생님이 말했어요.

"가라! 그냥 집에 가! 그만 봐! 꺼지라고!"

바킨 교장 선생님이 외쳤어요. "오늘은 휴교야!"

혼란과 환호가 뒤섞였어요.

마일즈는 아침 축하 식사를 위해 나일즈의 집으로 갔어요.

시리얼과 세 종류의 잼이 발린 토스트, 양파가 들어간 스크램블, 그리고 큰 유리컵의 우유가 있었어요. 정말 맛있었어요.

하지만 장난 계획은 아직 끝나지 않았어요.

약 10시 30분경, 마일즈와 나일즈는 학교로 돌아갔어요. 그들은 바킨 교장 선생님이 학교 뒤쪽에 서 있는 것을 발견했어요. 바킨 교장 선생님은 그날 아침 학생들이 떠난 뒤 아들과 함께 학교 뒤에 있었어요. 한동안 조시는 소를 뒤쪽 출구로 밀어내려고 했어요.

"아빠! 소가 계단을 내려가지 않아!"

"당연히 내려가지 않지!" 바킨 교장 선생님이 말했어요. "책자라도 읽어봤어? 너는 도움이 안 돼. 너도 집에 가."

그는 아내에게 조시를 데리러 오라고 연락했고, 그 뒤로도 몇 시간 동안 앉아 있었어요.

"나일즈, 너를 보니 기쁘다." 바킨 교장 선생님이 두 사람이 다가오는 것을 보고 말했어요. "마일즈, 너를 보니 기쁘지 않아. 만약 나일즈가 네가 학교에 소를 넣었다고 증명할 수 있는 증거를 가지고 왔다면, 그게 아니라면 너는 보고하러 온 것일 뿐이겠지."

"제가 한 짓이 아니에요." 마일즈가 말했어요.

"넌 늘 그렇게 말하지."라고 바킨 교장 선생님이 말했어요. "그 말을 티셔츠에 새겨야겠어. 그러면 나는 '네가 한 짓이야'라고 적힌 티셔츠를 입고 다닐 거야."

"바킨 교장 선생님." 나일즈가 말했어요. "마일즈는 할 수 없었어요."

바킨 교장 선생님은 학교 도우미를 응시했어요. "왜?"

"마일즈는 저녁을 저희 집에서 보냈거든요."

"학교 끝나고 밤에?"

"저희는 산디 선생님의 시험을 위해 공부하고 있었어요." 나일즈가 말했어요.

"시험이라고." 바킨 교장 선생님이 가늘게 한숨을 쉬었어요. "시험 치는 날에 휴교라니."

"그리고 오늘이 선거 날이에요!" 나일즈가 말했어요. "우리는 반장 선거를 해야 했어요."

바킨 교장 선생님의 시선이 흐려졌어요.

"소들은 아직 학교에 있는 것 같아요." 마일즈가 말했어요.

"당연하지." 바킨 교장 선생님이 말했어요. "소는 계단을 내려가지 못해. 그 책 읽는 사람이 아무도 없냐?"

"그러면 형한테 전화해 보는 게 어때요?" 나일즈가 말했어요. "형님이 농부시잖아요."

"안돼, 못 해. 소들이 모두 'B'라고 찍혀 있잖아. 이게 다 형님 소야."

"오!" 나일즈가 말했어요. "그럼…, 더더욱 형님께 말해야 하는 것 아닌가요?"

"아니, 아니, 아니…. 밥 형은 입이 너무 가벼워…. 너희들은 이해 못 할 거다. 와줘서 고맙다. 하지만 너희는 큰 도움이 되지 않아. 나일즈 그리고 마일즈. 너희들은 더더욱 도움이 되지 않아."

"사실." 나일즈가 말했다, "우리가 이 장난을 계획한 사람을 알아낼 것 같아요. 정확히는 우리가 장난친 사람을 알 것 같아요."

바킨 교장 선생님이 제대로 앉았어요. "정말?"

"네." 마일즈가 말했어요. "저희가 생각하기에는…. 음, 저희가 생각하기에는…"

"조시의 짓이라고 생각해요." 나일즈가 말했어요.

"조시 누구?" 바킨 교장 선생님이 말했어요.

"조시 바킨이요." 마일즈가 말했어요.

"조시? 내 아들, 바킨?" 바킨 교장 선생님이 말했어요.

"네." 나일즈가 말했어요.

"말도 안 되는 소리!" 바킨 교장 선생님이 소리쳤어요.

"아닌 것 같다고요?" 나일즈가 말했어요. "생각해 보세요. 조시는 교장 선생님 차 키를 가져갈 수 있어요. 학교 열쇠도 그렇고요. 자물쇠 번호도 알잖아요. 아마 그 파이 발사기로 마일즈를 함정에 빠뜨린 것일 수도 있어요. 조시는 우리가 '조시가 마일즈를 안 좋아한다는 사실'도 알고 있잖아요.

"그렇게 장난치는 말썽꾸러기를 누가 좋아하겠어!"

"하지만 조시가 아니라면 어떡하지?"

바킨 교장 선생님이 주저했어요.

"아니야! 조시가 그랬을 리가 없어! 조시는 지난밤 코디 버-타일러의 자연 탐험 캠프에 있었어!"

"그날 밤에요?" 나일즈가 말했어요.

"글쎄, 너희들은 알잖아…." 바킨 교장 선생님이 말했어요. "코디 버-타일러 말이야…"

마일즈가 미소 지었어요.

"바킨 교장 선생님." 마일즈가 말했어요 "코디 버-타일러는 가상의 인물이에요."

"뭐라고? 말도 안 되는 소리!"

"맞아요. 말도 안 되는 소리죠." 나일즈가 말했어요. "우리도 그 생일 파티에 갔고요. 그 사람 생일선물까지 샀다고요!"

"그런데 지난주에 세인트 퍼페투아 애들을 만났는데요." 마일즈가 말했어요. "걔네는 그런 이름 들어본 적도 없대요."

"그럼 내가 생일선물을 누구한테 준 거지?" 나일즈가 말했어요. "우리 모두가 선물을 준 사람은 도대체 누구였지? 그 축구 헬멧을 쓴 사람은? 혹시…."

"음, 생일 파티에 참석하지 않았던 유일한 아이가 바로 조시 같아요…."

"뭐? 아니, 아니, 아니, 아니. 여기 캠프 초대장이 있다고. 봐봐. 코디 버-타일러가 보내온 거야."

바킨 교장 선생님은 가방에서 카드를 하나 꺼냈어요.

나일즈가 살펴보았어요. "빨간 잉크." 그는 천천히, 한숨을 쉬면서 고

친애하는 조시 바킨님,

이 편지는 당신의 좋은 친구 코디 버-타일러가 보내는 것입니다.
3월 31일 밤에 열리는 제 자연 탐험 캠프에 당신을 초대합니다.
이 행사는 100년 동안 매년 4월 1일 직전의 마지막 날에 열리며,
우리의 미덕을 새롭게 하고, 존경을 새롭게 배우는 기회를 제공
합니다. 당신이 올 수 있기를 바랍니다. 충분히 자고,
저희 아버지가 학교로 제시간에 데려다 줄 것입니다!

존경을 담아,
코디 버-타일러가

개를 저었어요. "말씀드리기 싫지만, 이건 위조일 가능성이 있어요, 바킨
교장 선생님. 조시는 학기 중에 만족도 조사를 빨간색으로 작성한 유일
한 학생이었거든요…."

이제 바킨 교장 선생님 얼굴은 보라색이 아니라 하얗게 질렸어요. "얘
들아. 난 그만, 실례할게. 전화를 좀 해야겠어."

그 주 초에 조시 바킨은 코디 버-타일러에게서 초대장을 받았어요. 그
러나 그것은 캠프 초대장이 아니었고, 빨간 잉크로 쓰여진 것도 아니었
어요. 그것은 파란색 빅벨로시티 1.6mm 볼펜으로 쓰여 졌고, 3월 23일
에 마일즈 머피가 보냈어요. 내용은 다음과 같았어요.

이게 도대체 무슨 일이야,
친구! 뭔 일이래?

축하해, 넌 특별 초대되었거든!!

코디 버-타일러의
비밀 장난꾸러기 클럽!!

하지만 잠깐만! 아직 가입된 건 아니야.
이 클럽에 들어가고 싶다면 밤새 나의 비밀 본부에서 지내야 해…

학교 전날 밤에 !!!!!!!!!!!'!!!!

3월 31일 밤에 나의 나무집에서 밤을 보내야 해.
4월 1일 새벽에 네 이니셜을 벽에 새기면 가입된 거야.
경고: 우리는 계속 지켜보고 있어.

   새벽에 나타나서 밤새 있었던 척하거나.

   새벽 전에 이니셜을 쓰려고 한다면, 우리는 다 알 수 있어.

   그러면 너는 OUT. 영원히.

그런데 이걸 어떻게 해낼 건데?
이건 네가 해결해야 할 문제야! 뭔가 꾸며 봐.
부모님께는 '코디 버—타일러 자연 탐험 캠프'에 간다고 하든가….
잠깐…. 왜 내가 아이디어를 주고 있지?
네가 생각해 봐.

와트의 집*
너무 멀어

냇가

여기 표개진
나무를 봐

동쪽으로
1마일

그리고 남쪽으로
100보 걸어가!

여기 윗길로
2마일

나무집이야!!

공동묘지

오래된 교회

(공동묘지
산책길)

이 편지는 읽자마자 없애버려야 해.
먹든지 뭐든 알아서 해.

— 코디

교장 선생님과 교장 선생님 간의 간단한 통화로 바킨 교장 선생님은 마일즈와 나일즈가 한 말이 맞았다는 사실을 확인했어요: 세인트 퍼페투아에는 코디 버-타일러라는 이름의 학생이 등록되어 있지 않았어요. 그런데 조시 바킨은 코디가 실제로 존재한다고 계속 우겼어요. "내가 자연 탐사 캠프에 가지 않았다는 건 맞아. 하지만 난 밥 삼촌 소를 옮기지 않았다고. 나는 그날 밤새 코디 버-타일러의 비밀 본부에 있었어. 벽에 내 이름도 새겼다니까! 날짜도 쓰고! 내가 보여줄게!"

그래서 바킨 교장 선생님은 조시를 따라 숲으로 갔어요.

완벽한 나무 집을 짓는 데는 망치와 톱 그리고 6주나 되는 시간이 필요하지만, 완전히 해체하는 데는 큰 망치와 맛있는 아침 식사, 몇 시간만 있으면 되죠.

"뭐지…." 조시 바킨이 시커먼 나무 밑에서 밝은 빨간색으로 곧 피어날 새싹을 바라보며 말했어요.

"너는 이 숲을 나가서 집으로 바로 들어간다. 그리고 네 방으로 올라가야 해." 바킨 교장 선생님이 말했어요. "너는 집에 감금된 거다. 그리고 말하기는 힘들지만, 너는 공식적으로 야니 밸리 과학문예 학교의 보호 관찰 대상이 된 거야."

4월 1일

"하지만 저를 보호 관찰 대상에 넣을 수는 없어요. 그러면…"

"그러면 학생회 자격이 사라진다는 뜻이지. 우리가 학교 선거를 다시 하면, 홀리 라쉬가 무투표로 당선될 거야."

조시는 등을 돌리며 중얼거렸다. "님버스."

하지만 바킨 교장 선생님은 계속 말했어요. "그리고, 조시." 그가 말했어요. "나는 확실히 너를 보호 관찰 대상에 넣을 수 있어. 나는 무슨 일이든 할 수 있다. 나는 교장이니까."

바킨 교장 선생님은 빨간 넥타이를 다시 정리했어요. 그는 꽤 힘든 하루를 보냈지만, 꽤 멋진 연설을 했어요.

소가 짧은 계단을 내려오게 하는 가장 좋은 **방법은** 두꺼운 합판 몇 장으로 계단을 덮어 경사로를 만드는 것이죠. (이 방법은 차를 계단으로 올리는 데도 효과적이에요.) 밥 바킨이 트럭을 타고 나타나서 이런 경사로를 만들었을 때, 마일즈 머피는 이미 잠들어 있었어요.

마일즈가 이렇게 일찍 잠자리에 든 것은 병원에 간 날을 포함해서도 처음이었어요. 그날 학교를 두 번째로 떠난 뒤, 그는 바로 집으로 갔고, 앞마당에 그의 수레가 기다리고 있는 것을 발견했어요. 수레 안에는 초록색 포장지와 노란색 리본으로 포장된 선물이 있었어요. 그는 방에서 그 선물을 열었어요. 신발 상자 안에는 티슈로 포장된 '학교 도우미'라는 문구가 적힌 띠가 있었어요. 그는 그것을 착용해 보았어요. 아마도 피곤해서 그럴 수도 있지만, 그는 그것이 어떻게 보이는지 마음에 들었어요.

마일즈 머피는 양치질을 하고, 침대로 갔어요. 프로장난러 일기를 베개 아래에 두었어요. 햇살이 창문을 통해 쏟아졌지만, 그는 커튼을 당기지 않았어요.

마일즈 머피는 카우보이였어요. 소도둑이었어요. 장난의 전설이었어요. 그리고 아무도 몰랐어요. 그 자신과 나일즈 스파크스만을 제외하고 말이에요. 아주 좋았고, 침대도 아주 따뜻했어요. 얼마 지나지 않아 마일즈는 야니밸리로 이사 온 이후 가장 잘 자고 있었어요.
어딘가에서, 소가 음매~하며 울었어요.

저자 소개

글 맥 바넷 뉴욕타임스가 선정한 아동 베스트셀러 작가로, 2013년 칼데콧과 2012년 보스턴 글로브 혼북상, 케이트 그린어웨이상 등 유수의 상을 수상하였고 『애너벨과 신기한 털실』을 비롯해 수많은 어린이도서를 집필했습니다. 저서로는 『샘과 데이브가 땅을 팠어요』, 『늑대와 오리와 생쥐』, 『정답이 있어야 할까?』, 『규칙이 있는 집』, 『사랑 사랑 사랑』, 『레오, 나의 유령 친구』, 『세모』, 『네모』, 『동그라미』, 『트롤과 염소 삼 형제』 등 많은 책이 있습니다.

글 조리 존 뉴욕타임스에서 선정한 베스트셀러 작가이며 미국 어린이 서점 협회에서 수여하는 E.B. 화이트 리드 얼라우드상을 수상하였습니다. 『곰아, 자니?』 시리즈를 집필한 작가로, 전국 베스트셀러 『All My Friends Are Still Dead』의 공동 집필자이기도 합니다. 『해적일기: 스워버클러 지망생을 위한 핸드북』 등 다양한 책을 출간했습니다. 또한 『감사하고 즐겁게 국가를 운영하세요: 오바마 대통령에게 보내는 어린이 편지』의 편집자이기도 합니다. 샌프란시스코의 비영리 교육 센터인 '826 발렌시아'에서 6년간 프로그램디렉터로도 근무했습니다.

그림 게빈 코넬 수많은 어린이도서를 제작한 전문 일러스트레이터입니다. 맥 바넷과 함께 『Count the Monkeys and Mustache!』도 출간했습니다.

옮김 김원섭 섭섭박사로 활동하고 있는, 과학콘텐츠 전문작가겸 크리에이터입니다. 어린이전문 과학잡지 편집장을 지냈으며, 『퍼즐탐정 썰렁홈즈』, 『다운이가족의 생생탐사』 등 어린이 과학도서를 저술했습니다.

못 말리는 녀석 둘 1

1판 1쇄 인쇄 2025년 2월 10일
1판 1쇄 발행 2025년 3월 1일

글 맥 바넷, 조리 존 | **그림** 케빈 코넬 | **옮긴이** 김원섭, 김태호
디자인 S and book (design S) | **편집** 김원섭
펴낸이 정윤화 | **펴낸곳** 더모스트북 **출판등록** 제 2016−000008 호
주소 강북구 인수봉로 64 길 5 | **전화** 02−908−2738 | **팩스** 02−6455−2748 | **이메일** mbook2016@daum.net
제조자명 더모스트북 | **제조국명** 대한민국 | **사용연령** 3세이상

SBN 979−11−87304−58−6 74840
ISBN 979−11−87304−57−9 (세트)
우리동네책공장은 더모스트북의 아동브랜드입니다 .